Christian Mauck / Se-Laika

Armenbegräbnis

Erzählungen

AF192067

Bibliographische Information der Deutschen Nationalbibliothek

Die Deutsche Nationalbibliothek verzeichnet diese Publikation in der Deutschen Nationalbibliographie; detaillierte bibliographische Daten sind im Internet über http://dnb.d-nb.de abrufbar.

Erste Auflage

Juni 2011

© 2011 Christian Mauck

Herstellung und Verlag: Books on Demand GmbH, Norderstedt

ISBN:

9-783842-364776

Die folgenden Erzählungen sind rein fiktiv. Sie beziehen sich weder auf reale Begebenheiten und Vorfälle, noch auf reale Personen oder deren Handlungen.

1. Himmelsdeuter in Köln

Die Welt ist aus einer, so vermute ich, wohl in tausendgleicher Menge an Oberflächenreliefs, Nähten, viele davon grob wiedergegeben, zarten, erotisch wirkenden Vertiefungen und Anhebungen, manche gleich Gegenfeuer treibend, dioszänischen Schlüsselgelüsten, satanischen Gewässern, von Farben überhangen, geformt.

Warum ich aber daran Gedanken finde, ist nicht, weil ich es will. Ich habe einige Minuten Zeit; die Neussbrücke entwickelt sich gut; ich lehne an ihr. Ewigkeit strömt über jeden Ast in den Anpflanzungen in den Vogtgärten.
Viel zu früh für die Verabredung.
Ich versuchte meinen Blick auf ein Café zu konzentrieren in dem ich zu einem annehmbaren Preis, allein um den Nachgeschmack des billigen Kaffees zu bekämpfen, zu Mittag essen könnte, es fiel mir allerdings nicht sonderlich leicht; Tauben gurgelten, Frauen hielten ihre Hände in die Luft und ein junger Man ging nah an mir vorbei, so nah, dass er mich beinahe anstieß und dass nur aufgrund dessen, dass er sich in eine abgegriffene

Ausgabe von „Rita and the invisible car" vertiefte.

Der Odem der Straße war so dicht, dass er mir wie eine Faust entgegenschlug; Geräusche wechselten ihre Besitzer, Hunde entleerten grinsend ihren Darm neben dem Kleidersaum einer westdeutschen Photographen-Schönheit; der präzise formulierte Duft umriss ihren Hals gleich einer viktorianischen Rosette und verwirrte den Betrachter in müheloser Komplizenschaft mit der hilflos belastenden Vielfalt und Menge der aufgetragenen Accessoires. Schokolade bedeckt das Gesicht eines Kindes, doch es erweckt den trostlosen Eindruck, sein Gesicht sei mit Scheiße verziert; süchtig und gleichzeitig beschämend kommt die Vorstellung eines Mädchengymnasiums auf, wie die Schülerin, geschminkt mit dem Kot ihrer Lehrer, sich im Hofe verbergen. Die Verkäufer hinter den Stores züchteten Rosen im eigenen Mund und betasteten frenetisch ihre flachen Bauchnabel.

Fahrrad Fahrende, derer Münder zu einem einzigen Orchester des Verstummens zusammengebildet sind, schneiden die viskosen Menschenmassen gleich einem Tau entzwei; aus den Wohnungen über den Geschäften, alle erfüllt mit dienstwilligem und keinem brauchbaren Objekt, stürzten Studenten und Jungerwachsene mit den unnahbaren Gesichtern sanfter Puritaner. Die Menschen in den Fahrzeugen erschienen, als sei ihnen kühl, und leise hatten die Fußgänger die Furcht und die Hoffnung, sie könnten in ihren Automobilen gar erfrieren. Freundlich klopfen sie Bettlern brüderlich auf die Schultern und beiden tropft ein Quäntchen Blut aus den Ohren. Und manche schreien danach verhaftet zu werden, verhaften, verhaften, verhaften. Im Gesicht eines Mädchens schließlich zeigt sich die Frage nach der Stunde und ein gedrungener Jüngling verhaftet sie. Sie wird heimlich zu fünf Monaten Haft verurteilt; nach sechs Jahren kommt sie frei. „Der Gefängniswärter schlief so lange", höre ich sie dort bereits, an diesem fernen Ort der Zeit sagen. Das Problem des Verbots: es existiert, weil das Leben voller Erlauben steckt, nur vergisst man es zu umgehen.

Nur der Himmel bietet eine Perspektive, etwas, an dem sich die Weite unserer Sicht erschöpfen kann.

Ich versuche an einem stumpfen Montag mit Hilfe der U-Bahn aus der Stadt zu gelangen. Viel zu früh.

Wankemütige Moral sank oben über die Stirn. Bestattungsunternehmen verfielen Vergehen und warfen ihre Toten, ohne etwa eine schwere Not, die sie befiele, in neu gegrabene Schächte, die in die Tunnels der Untergrundbahn hinabführten.

Die Stadtverwaltung begnügte sich damit, in ihren, den gesamten Innenraum der Stadt bedeckenden, Schreiben Gedichte zu rezitieren, die sich an keiner Stelle nachschlagen ließen.

Man weiß, dass alles durch die Seele der Sorge zusammengehalten wird; Geräusche gibt es nicht.

Es ist nicht lange her, dass die Welt ein Wald war, der aus Jungen zusammengesteckt war, die nicht rechtzeitig zu Trainingsbeginn erschienen. Man verlief sich auf dem Weg zur Schule. Es gab Formationen in der mehr grau als grün erscheinenden Landschaft auf die man blindlings einzuschlagen begann. Fliegentrinker waren in den Straßen und zeigten stolz Knochenperlen in Chitintöpfen vor; vom Rumpf getrennte Köpfe, metallische Milch trinkend.

Das irre Licht flirrte am Zug wie alt geboren während das Abteil seine Population in hohle Hallen warf, wo das kranke Fleisch, in Stößen hinausge-

worfen, schließlich in Überredung des allgegen-
wärtigen Todeskampfes zu zucken begann. Männer, die aussehen wie Lamarck, werfen Ziegel in
einen Kinderwagen; überall Menschen, die ge-
zwungen sind, mit diesem Teil Schlange in ihrem
Inneren zu spielen - schießen sich bunte Affen,
dann Zucker in die Stirn.

Zwischen den wankenden Schiffen essen, Uhren
und Verblutende entleeren sich, Helle dampfen
Pfeife, Füchse scheißen.

Aber ich würde mich auch nicht wieder
zurückbringen lassen wollen, also zerreiße ich
mich. Ja, ich breche die Muskeln auseinander,
knacke Knochen hier und dort, zerfleddere meine
Nerven, zerzupfe die Adern mit roten, vielfach
spritzenden Blumen.

Ich wende mich meinem Inneren zu, träume, ich
sei ein sich selbst ernährender Gott gewesen, und
entgehe so der Härte, die sich dem faden Lächeln
an meinem Gesicht entgegen wirft.

Sie vergessen ein kleines bisschen Ewigkeit. Kein
Gestirn, das gierig und sklavisch sich deiner An-
betung entgegen hebt und dich ausgräbt. Und
dich einen Schacht hinab wirft.

Meine Hand sinkt an mir herab und altert hinter

der Zeit. Es gab da damals eine Grotte. Sinkt mir unter die Haut.

Wir sinken durch die Dunkelheit; über Sekundenlänge blitzt der Tag auf, kriecht der Wind in die weite Kehle, das Wasser schwimmt auf ihm mit. Der Wind bringt das Wasser fort, das Sonnenlicht pulsiert einen Augenblick lang und reißt die Distanz und den Schleier vom Blick und dem eigenen Wiederfinden im schweren Gewebe, eine widerspenstige Verhöhnung unseres ganzen Alltagsempfindens, aller Erscheinungen und ihrer Verhältnisse zu einander.

Zwanzig Stationen später sind meine Hände eingedrückt; verdunkelt gleiten sie durch den eigenen Leib hinfort. Das Abteil zerfällt müde; das Innere eines zerdrückten Leibes, das sich entkräftet. Der Zug erstarrt mehrere Minuten bis sie ihn alle verlassen haben; beinah lahm stützen und stoßen sie sich mit Schirmen ab, krallen ihre Fingergelenke um Kerzenständer, die bitter schwer erscheinen, und blitzen sich gegenseitig an mit Hilfe von edlen Metallen, die ihre prekärsten Regionen mühevoll in die jeder Zeit zu zerschellen drohende Intimität zurückdrängen. Wie brüchig sie im freien Raum sind.

Ich muss nicht lange warten, bis es mir ebenso ergeht, doch schiebt sich die Bahn nach langen Minuten der Fahrt die letzten Meter unter offenem Himmel auf dem Grund voran; es fehlt die Wildheit, das Gerangel. Nur wenige begleiten mich bis an das Ziel; gewöhnlich gekleidete Männer mit narzisstisch vererbten Gesichtern.

Punkt 17 Uhr erreichen wir die letzte Stätte auf dem Weg. Ich ordne, was ich bei mir habe. Es scheint irgendwie nichts zu sein. Es dauert nur einen Atem; viel zu langsam bewege ich mich – ich sehe die anderen hinausgehen als benötigten sie Tausende von Jahren für dieses eine Leben, das bei ihnen ist.
Als keiner mehr da zu sein schien, hastete ich aus der Bahn. Ich liebe sie. Ich stoße mit einem überhasteten Schirmträger zusammen, dessen Mordsinstrument ich nicht mehr mit einer sanften Ligade gänzlich beantworten konnte.

Meine Lippen welken; die Gesichter meiner Mütter wachsen fahl gegen den aschenen Mond. Meine Träume kondensieren in der, von dieser Stadt gestanzten Leber, doch es gibt keinen Mensch mehr, der meiner Geschichte bis an ihr Ende zuhören würde.

2. Mahlstrom

Die Lippen des Schützen welken; die Schamlippe
der Ziehmutter wächst fahl gegen den saphirnen
Mond. Meine Träume kondensieren in der Wüste
fahlen Leber,
doch es gibt keine Wüste, die meiner Geschichte
bis an ihr Ende folgen würde.

Die Sonne war gewoben aus schwarzer Wolle;
das Pulver zerriebener Nüsse schoss in gleißen-
den Strömen aus einer dünnen
Höhle in meiner Stirn, wie ich mich selbst vor
mir sich zur Erde nieder pressen sah.
Ich senkte mich verdrossen in Schweigen; alle
Worte, die ich besaß, waren verkleidet. Hinter
dem Wadi blühte an der Stelle von Buschwerk
halbdurchsichtiges Haar. Meine Freunde spießten
mit kostbaren, so feinen Gabeln, dass sie kaum zu
sehen waren, Käfer auf, die wie verkleinerte Lychée-Früchte aussahen.
Eine Frau, die ich einst geliebt hatte, flocht meine
Haaren zu kaiserlichen Zöpfen und sanft biss sie
in die Haare, die auf meinen Armen wuchsen und
kühl, ungewöhnlich

mächtig spürte ich, wie sie den Duft meiner Haut atmete, wodurch ihr europäischer Teint sich dunkel färbte.

Die Bauern, die das Land bewirteten, trugen Werkzeuge, die aus Granit gemacht waren; die Flaschen aus den sie tranken waren aus Chitin.
In der Ferne hörte man das stoische Arbeiten einer mächtigen Mühle. Arbeiter entströmten ihr und trugen kleine Pistolen aus Kautschuk; sie passierten so nah, dass sie mich hätten umstoßen können; ihre Herzen waren ihnen ans Genick genäht.
Katzen mit grauen Augen steigen in das Wadi; auf der Erde machten ihre Pfoten das Geräusch eines Steines, der in ein niedriges Gewässer hinab sinkt.

Zu meinen Füßen lag ein Buch aus prachtvollem Obsidian. Der Bogenträger beugte und kniete sich in den Sand; in der Ferne tauchen riesige Masken auf.
Die Ziehmutter hockte sich, unten entkleidet, auf den Sand und ließ ihn ohne Hast zwischen ihren Beinen aufschäumen. Auf ihren Füßen saß jeweils eine schwarze Spinne aus der schmutziges Wasser entwich.

Sie hob ihr T-Shirt an und auf ihren welken Brustwarzen schossen dicke Strahlen, golden wie Getreide, die an ihre angewinkelten Knie schlugen und sich ihren Oberschenkel hinabschlängelten und an den Flanken ihres Beckens auch den Sand aufschäumen ließen.

Ich ejakulierte mehrmals, wobei in meinem Ejakulat stetig etwas Blut in dünnen Fäden beigemischt war.

Die Arbeiter stellten Käse her; mit dem Labsal steckten sie milchige Speere zu kleinen Sternen zusammen und hoben sie in den Himmel über das Wadi. Ihre Brustkörbe schienen sich unter der Haut ständig zu verlagern; ihre Knöchel waren kleine Perlen.

Die Masken nahten, über das Wadi hinweg gleitend wie die Rücken schwimmender Nilpferde und riesiger Jadeschildkröten. Die aufgerichteten Schwänze der Katzen, die das Wadi durchquerten, wurden von den Augenlöchern der Masken abgetrennt und aus der abgetrennten Stelle krochen riesige Wespen hervor.

Die Bogenträger binden die Masken an Seidenschnüre und ziehen sie, sobald sie das Land erreichen, schwer durch den Sand.

Die Sterne verklumpten zu grüner Lauge.

Die Frau, die ich einst geliebt hatte, trug einen dünnen Schal an denen aufgereiht überall kleine, sich öffnende und schließende Rosetten waren, in die sie periodisch ihre Finger schob. Wenn sie auf dem Ende des Schals blies, erklang ein wunderbarer Akkord, der aber aus dem Loch meiner Ziehmutter blubberte.

Die Arbeiter, deren Herzen am Genick nun vollständig schlaff dort hingen, kamen mit silbernen Pistolen, die kleine Dornen hatten, zurück; sie platzierten sich in zwei Kreisen aus jeweils zwölf von ihnen und richteten ihre Pistolen gegen ihr jeweiliges Gegenüber.
Die Ziehmutter schob' sich ihren Daumen obszön in ihre Scheide.
Das Land wird weiß wie Kreide.
Die Lippen des Schützen werden feucht.

3. Kreisliga

Wunderbare, schwarze Federn gerieten an sein Gesicht; den Atem umfängt geologische Kälte. Alle, seicht auf der Kante der Hand schwankende wie irrende Räume sind gesalbt mit Leibspruch. Der Trainer flehte sein Gesicht an; er blickte an die Spinnenbeine unter dem, vielfach sich wölbenden, flüssig mit fiebrigen Lettern, sich verfehlenden Knie. Er tanzte im eigenen Hals. Sel hatte ihn gesehen – im Duschraum, wo die Worte vertikal das Geschöpf auf den Thron rücken, und er spuckt, ummantelt von Tränen, Ankhs aus seinem Hals in geraden Minuten-Abständen. Er blickte also gegen jenes Knie an und sang sich zu Atem.

Talea schlief auf der Tribüne, mit langem, schwarzem, von zerknitterten Blumen bedeckten Kleid; ihr Knöchel wurde frei und er ermahnte alle Zweifel, dass sie jemand behüte. Ich muss zugeben, irgendeine Bedenklichkeit huschte mir wie ein beschissener Gecko über die Stirn. Ich wusste, dass etwas Unentschuldbares hier vorkam. Dabei kam mir vor nicht allzu vielen Stunden in den Sinn, dass man seine Zeit zu sehr mit

Entschuldigungen aufbraucht – entschuldbar ist ohnehin nichts; dass eine Befreiung von Schuld bedeute nichts anderes, als sich nicht mit der Zeit beschäftigen oder ein Augenzwinkern, kam mir unvermittelt und vehement in den Sinn, ohne dass ich sagen könnte, dass ich mich entsinne, wann ich jemals eine Schuld erzeugt haben könnte, ausgenommen mein Dasein. Ich musste einfach daran denken, ohne Bedenken zwar, aber weit entfernt von jedweder Bestätigung meines (und da ich mich lange nicht mehr des scharfen Denkens fähig fühle kann man durchaus sagen:) Einfalls.

Vielleicht ging es mir wie Sel und eine wundersame Feder oder ein Haar berührte mich. Schließlich bin ich in meinem Leben häufig mit Hexerei in Berührung gekommen – man kennt sich selbst schon gar nicht mehr ohne den Fluch.

Talea hatte unzählige Uhren und Lederwickel an ihren Ärmeln fixiert, aber keine ihrer Uhren wäre dafür verantwortlich, wenn sie unvermittelt erwachte. Sie zieht ihr linkes Bein etwas nach, was der einzige Grund ist, warum wir uns überhaupt noch selbst ertragen. In Kneipen, unten bei „Welters" vor Allem, sagen wir gelegentlich unaufgefordert uns selbst zu „Wir sind so hässlich, dass

es schmerzt." Ich spiele für die M. Rangers und bin so hässlich wie der Schmerz selbst.
Niemand muss uns das sagen.

Der Trainer will Sel mit einem Helikopter retten – zu dumm nur, dass nicht einmal unser Krankenhaus mit einem solchen Monstrum aufwarten kann, das es dringend benötigte bei dem unwegsamen Land, oder die, in der Sonne allmählich bis zur Transparenz ausbleichende, Polizeistation berührt, geschweige denn, dass das fragile Etat solche Spezialitäten ertrüge; die Wasserwerfer aus den Siebzigern vermietet an französische Gemeinden oder umfunktioniert zum Wettergötzen des all-adventlichen Schlittschuhlaufs – jene schlitzen den wässrigen Leib auf, die vor drei Dekaden darunter begraben lagen. Sel fühlt sich so sicher, ist schon das geflügelte Wort bei der F-Jugend, als sei er bei Misery in Pflege. Sein eigener, etwas zu weich geratener Bauch, macht den Trainer zum Feind.

Die Geschichte von Jorge Mesmer.
Er machte den Versuch sich von seiner Matraze zu erheben, dann traf ihn der Eindruck, dass seine Glieder sich in der gesamten Welt aufhielten und

seine Ruhestätte angefüllt war mit glasierten Dingen. Einige Luftmeter, vielleicht 250, spaziert Talea unvermittelter als das erste Wort, dass die Null beschrieb, auf das Feld hinab, bewegte trotz der minderen Hast ihrer Worte exhaltisch die Arme, und legte dem Trainer ins Gedächtnis, dass es vermutlich irreal, eine Dummheit war, sich zu wünschen, Jorge Mesmer – seine Gedanken waren einfach zu brennend – würde das Viertelfinale über der General seiner, durch weiche Formen erdachten, Schlacht werden.

Jorge blickte seine Mutter an; aus ihrem abgewandten Blick ordnete er die Position ein, die er im Raum eingenommen hatte. Sie setzte sich auf seinen Bauch. Sie sagte ihm, sie wüsste nicht, warum sie das getan hat. Sie sagte, nachts hat sie ihn fliegen sehen, über dem Seewerk in demselben Stoff aus dem die Nacht, die diesem Tag voranging, auch gemacht war. Sie hat die Nacht sogar in den Mund genommen, um sicherzugehen. Im Wasser standen zutrauliche Rehe; sie schritt auf sie zu und fesselte eins davon mit ihrem Gürtel. Und dann...

Als der Trainer in das Haus kam, war es bereits dunkel; aufgrund der Morgenmesse mit ängstlichen Heiligen und die sich streckenden, dennoch lauen Nächte des Winters, war es nicht ungewöhnlicher als das Leben, dass die Spiele sich im Einbruch der Dunkelheit verströmten.

Sobald er in Jorge Mesmers Gesicht eintauchte, waren alle seine Erwartungen über ihr Maß hinaus erfüllt.

Erst erkannte er seinen Spieler kaum, dann berichtete er ihm vom Spiel. Schon in der Hälfte der ersten Halbzeit, sagte er, schien die Mannschaft zu verlieren – wie es ausgegangen ist, wüsste er allerdings bisher nicht. Er sagte ihm, er kannte einen Trick aus der Armee, wie man für eine bestimmte Zeit blind und taub werden konnte, auch schmerzlos, was für diese Anwendung aber nicht wichtig war. Fragt sich nur, was wäre, wenn ein Spieler ihm in den Bauch gestochen hätte.

Schließlich bestach er Jorge Mesmer zu einer schnellen Partie, direkt auf dem wirbelnden Asphalt; ihre Körper stießen aufeinander und letztendlich stürzte er und rieb die nackte Haut des Spielers über den harten, aufgeladenen Grund. „Schmerz deine Haut genauso, Jorge Mesmer? Schmerzt dich die Hässlichkeit dieses Landes?", schrie er zunächst, doch verfiel dann in ein Murmeln, als verlöre das Interesse; eine Antwort fiel dem jungen Kicker nicht ein.

Sel wurde auf einer Barre vom Feld getragen. Eine Feder hatte für einen kurzen Moment sein Gesicht berührt. Talea bewegt sich, leicht ermüdet, geräuschlos am Spielfeld entlang. Es war auch falsch zu glauben, Sel würde den General mimen und Leben gefährden. Wir sind zwar alle oft in Kontakt mit Hexerei geraten, doch hier hat man ein Gespür dafür. Sieh dir diesen Ort doch mal an!

Und ich glaube, nun ist bereits das Unentschuldbare am geschehen. Hinter der Tribüne ist eine Wiese, die lange von der Sonne trinkt, aber sie kühlt in der Nacht nicht ganz ab. Diese Wärme bringt die Fallschirmsamen, Federn und Blüten dazu über der Wiese aufzusteigen. Auch mein Bauch ist weich. Einmal abtasten; wie steht es um das Gehirn? Wie tief steckt es im Innern?

4. Seelische Republik

Zuckender Sand; Ziel gerichtete herbeigeführte Blendungen auf dem Marktplatz.

Schwerer Humor über anthropomorphe Zwergenkrebse. Der gelbe Verwaltungsbeamte strich über seinen Bauch; er trägt ein gelbes Tuch, intelligent um die Hüften gewunden, dass sein schweres Glied darunter hervor fällt. Es rollt sich im Kontakt mit einer Frauen-Imitation zusammen gleich einer Ameise unter konzentrierten, zu konischen Meereskrebspanzerformen konzentrierten Sonnenstrahlen unter dem Duft eines, alle wachen Momente schwächenden, wirr gewordenen Ozons. Er spaltet alle Finger, die er besitzt, in zwei Hälften.

Der junge Schuhputzer sieht ihn mit hinabstürzendem, trübem Gesicht an und verkündet seine Geübtheit. Weicher Schlamm; die alte Mutter rennt in die Böschung zurück, im Hand ein Glas kristallinen, mit Rauschmitteln vermengten Leitungswassers. Sie pisst in die Kochtöpfe und verabreicht ihren kubischen Kindern raue Zungenküsse, woraufhin sie in die Gestalt von Messingplatten zurückfallen.

Er prüft die Nadel indem er sie abkocht und das kochende Wasser trinkt. Der gelbe Beamte flattert. Auf seinem Auge ist eine Welle; falsches Wasser, reine Imitation. Schakale fressen Bambus; er macht sie müde. Abnorme Tiere, stark, verfälscht und nicht erneut zu verfälschen. Der Beamte verfügt über immenses Wissen, er richtet die Tiere ab die Männer zu blenden.

Den Besatzern fällt nichts ein, was sie seinetwegen machen könnten.

Zu ihm kam ein, von, ins Alter reichender Lanugo-Beharrung betroffener, unter Albträumen leidender Mann, der zugleich ein berüchtigter Verführer war, der mit Leichtigkeit und Grimassen sogar den leblosen Dingen über das traurige Ende einer Ludenbeziehung beizubringen weiß. Der gelbe Beamte küsste ein degeneriertes Mädchen. Er stank nach Ozon und kranken Urin; er war so dumpf verzehrt wie ein verschwommenes Gepardengesicht. Der Leidende kniete sich nieder und zündete sich eine Zigarette aus vergilbtem Papier an. Er blies den Beamten Rauch auf die Brust wie ein vorprogrammierter Lustknabe. Weisheit hatte ein Exzem auf das Gesicht gelegt,

nur deswegen wagte der Beamte es nicht ihn an-
zurühren und ihm, wie all seinen Liebhabern,
Schaschlikspieße in die Achseln zu legen. Verär-
gert zog er sich ein schwarzes Hemd über.

„Vergib dem Westen", sagte er und setzte seinen
Moos-überwachsenen Fuß auf das Knie des Lei-
denden; auf der Unterseite seiner Zehen trug er
winzige Nadeln, wie man sie auf der Haut von
Kaktusfeigen findet, mit denen er konspirative
Kälte in seinen Leib spritzte, doch die Stickstoff-
haltige Mischung verschwand direkt durch die
Lippen des Fehlträumenden, die, wie er nun erkannte, durch diesen Vorgang vollkommen ver-
braucht waren. Das degenerierte Mädchen unter-
drückte gequält, mit Lippen aus Lauge, ein Lächeln. Der Beamte zog mit klebrigem Geräusch
seinen Fuß von der weichen, befellten Haut des
demütigen Mannes und kehrte ihn, in die Küche
voranschreitend, beleidigt den Rücken zu, in brü-
chigem Libanesisch Flüche herableiernd. Sie brachen ab im Knall einer, sich tief in die rosigen
Falten des Schalls hinein windenden Schwungs
einer Peitsche.

„Arbeiten sie unten in den Kupfer-Lagern? Ich
habe gesehen, wie sie die Rohstoffe auf einer Art
Bett abluden. Ich hatte eine Schweineangst, doch

ich war jung" – nervös träufelte er ein ätherisches Öl, gewonnen aus Limonengras, in seinen leuchtenden Mund – „es hat nichts zu bedeuten" – zu sich selbst – „warum eigentlich nicht? Warum nicht? Könnte es sein..."

„Ich komme nicht von den Lagern, Sire, aber ich kenne sie durchaus. Sie köpften heute doch einen Dieb. Der Mann aß es. Sie fanden niemanden, der es ihm abkaufte. Er hat es für verdammte Medizin gehalten; als sein Kopf auszog um an den, von Wildkatzen besetzten, Ufern sein Glück zu machen, entdeckten sie, dass die gesamte Innenseite seiner Speiseröhre, seines Magens, ja, sogar die Kilometer seines, so sagten sie, überaus köstlichen Darms von Kupfer bedeckt war, dass sich unter der jahrelangen Einwirkung von Bakterien in einen gänzlich unbekannten Stoff zersetzt oder – wer weiß – ergänzt hat." Der Beamte musste beinahe brechen. Verlegen wichste er einem Sandelholz-Pan den Schaft.

„Wofür" – begann der Mann, nach einer dramatischen Pause – „ich eigentlich hier bin, ist eine gänzlich andere Angelegenheit. Mein Vater wusste nicht viel, als er in dieses Land kam, und lernte auch nichts. Er erklärte mir als juvenilen Perversen, dass er einen Trick hatte. Nun ja, nun machen Details eine Lüge nicht glaubwürdiger, daher fasse ich mich kurz: er entdeckte, dass es magische Kräfte freisetzte, im Morgengrauen Polizisten zu töten. Ich begreife nicht, wie er, der immer so ungewöhnlich sanft war, derartige Verbrechen in einem solch aufwändigem Maße durchplanen konnte... er besaß sogar eine Populationsstatistik, auf der der Zuzug von Polizisten verzeichnet war, wie der Bestand der ‚Lager' (Städte) eingerichtet war, wie der durchschnittliche Fluss von Personal zwischen den Stationen verschiedener Lager organisiert war, etc.; als Jugendlicher haben diese Dinge sehr verstört."

„Doch heutzutage ist es vollkommen üblich, Polizisten auszumerzen. Sogar ich tat es schon." „Ich weiß."

Der Beamte fühlte einen Schleier aus Duft um sich kriechen. Er dachte an die Presse der Umgebung; kleine, ungefickte Jungen, die im Verlauf ihrer Freizeit auf Wäscheleinen wichsten. Zähne, zertrümmerte Häuserruinen in denen totgeschossene Säuglinge ihre ersten Schritte üben, Baiser, Kirschschnaps. Der Fehlträumer duckt sich, vertauscht seine Gestalt mit etwas Essbarem. Steroid-süchtige Seiltänzer, Automobile wiegend auf der Spitze ihres hypochondrischen Knies. Am Ufer gruben die Wilden singende Frauen ein; fassungslos bot er ihnen an Materie aus seinem Becken zu schaben, was sie taten und abwechselnd an begrünte Fahrräder kotzten. Wie lange es dauerte, bis sie zu ihm kamen um ihn anzuklagen, wusste er nicht, denn die Krankheit hat auch ihn zerfressen. Mit dem Harz der roten Wabe bogen sie seine Gedanken.

Die Leinensäcke wurden schwarz. Zusammen mit einem Fragment des Halses liegt der abgetrennte Ziegenkopf im Gras. Der Ziegenmann reibt den Schein. Der Hirte lässt Salzstücke zwischen seinen heißen Fingern auf das Passagenpflaster hinaus, als würfle er; ich gebe ihm die 3 Stücke und zwei kleine, weiche Scheine. Es ist gnädiger geworden; das Rinnen und das Gluckern des Blutes verschaffen mir Linderung. Vor wenigen Stunden, am Morgen, haben sie mich aus dem Theater geschickt; sie sagten, nach Karmen gilt es vor allem den Kopf zu kühlen, besser gesagt, sie schreien es in hinter mir in den Himmel, in die zerrütteten Parkbuchten... Der Mandolinenbauer ist auf der Heide. Er lässt keinen Jungen vorbei mich zu besuchen… Alte Weiber zerschlagen die Stühle auf dem Tisch. Die Jahreszeiten vergehen; der Apfel liegt dort im Winter wie eine verfaulte, kleine Faust.

Der Tod, eine schöne, schwarze Prinzessin mit einem von Insekten geschriebenen Mund.

Ich sage zu dem Apfel *Tier*. Er hält seit Jahren aus. Ich erinnere mich, dass sie zu der Aufführung der Stücke Ravels nicht mehr gekommen war und ich, gekleidet wie die Vorstellung eines preußischen Beamten und trunken mit weißem, geschmolzenem Rum, Zigaretten aus den Aschzylindern des Foyers stahl.

Unter dem Krebsgeschwür der Augen heben sich die Wilden von meinem Bauch. „Ich fische nur Pisse aus dem Dicken", murmelt der, der meinem Gesicht nahe ist. Als ich aufwache, scheiße ich ein rotes Wespennest. Der Parkwächter drückt von außen die Tür zu.

5. Polizist

Mein Blick gleitet noch immer hin auf ein Efeublatt, das sich auf ihren Mund legte, bis sie vorbei
gegangen war und die Dämmerung des Gewitters
mit sich fortriss.
Verbot gibt es nicht.
Kinder und verkleidete Brüste drängen einander
bis die Passage eine starre Linie ist. Außerhalb
der Stadt, auf einen Kulturacker, der Seele nah,
liegt eine nachgebildete Hand.
Abgenagte Lychée-Früchte fallen auf sie hinab.
Ich dachte oben im Flieder vibriert ein Mund;
zwei der entwirrten Bäume lehnten nah aneinander mit zueinander ausgebildeter weiblicher
Brust, aus denen sie vergilbte Milch gleich Quel-
len aneinander sprudeln ließen und sie zeichnete
die heimlichen Fragen in den unteren Stamm;
man sah sie seufzen.

Ich war verliebt an den Stadtmauern; sie bestah-
len in ihren Kämmen die Natur; sie drehten lange
Nasen in die Stadt.
Die Jahre in dieser Stadt (und der nächsten) zerfressen die Wunder; die Jahre der Stadt setzen
sich fest in den Aushöhlungen in den Wunden,

als trieben sie im salzigen Wasser dahin. Der Hauch des Atems nimmt die Form eines eigenen Geschöpfs an; nichts verstehst du von der Gestalt des Lebens.

Zwischen den versteinerten, von Dornen durchdrungenen Giganten der schroffen, fälligen Küstenlinien, zerbricht grünes Glas. Statt dem Klirren ist der Ton, den es macht: die Instrumente. Trilobiten werden zu Pfützen aus Blut; Geysire fördern gemarterte Augenhöhle an den Tag.

Sie flechten ein narkotisches Tau.

Als der Mund zusammenstürzt, fallen die Zähne aufeinander wie Wassertropfen. Die Gewitter fallen bis hinter unsere Kindheit zurück; hinter unserem eigenen Selbst verbergen wir uns. Meine Füße und Klauen heben sich eigenständig hinter dem Mundwerk hinter dem Efeublatt her. Wenn ich wüsste wie, würde ich mich wie zufällig verraten.

Sie beschleunigte ihren Schritt.

6. Fadenstich

Ich schüttele meinen Kopf. Die Filzfabrik. Die Arbeiter grüßen mich mit dem Kundenlächeln, das sie mir gar nicht schuldig sind. Ich frage sie nach Bernhard Felskamp und sie deuten mit ihren silbernen Scheren, wie gegen einen Lykantrophen, in einen achteckigen Blechbottich, der in der Mitte der kleinen halle in den Boden eingelassen ist. Aber dort finde ich ihn nicht. Ich will nicht zweimal fragen. Eigentlich will ich nie wieder fragen. Ich krame das hölzerne Etui heraus für eine Zigarette. Das satanische Merban-Holz hat mich unzählige Male gestochen; so genannter Hirnriss. Zu rauchen ist untersagt, aber niemand hindert mich. Die Arbeiter sind zu ihren Aufgaben heimgekehrt. Ich sehe Apparate die Zungen rollen. Draußen wird's nicht mehr regnen. In der kleinen Halle steht ein Holzraum wie ein kleines Haus. Es wurde einmal verboten. Das macht niemand was aus.

Niemanden macht es aus. Wie der Regen sein soll; es tut niemanden weh. Ein Karton steht, einen Zeigefinger weit über die Angeln hinaus, vor der Tür. Sie öffnet sich und der Karton sieht aus, als stelle er seinen rechten Fuß vor. Eine schmucklose Glühbirne über der Tür leuchtet auf. Der Raum wird durch sie zimmerhell, wie er es zuvor auch schon war. Es ist lauter geworden. Die Arbeit selbst aber ist leiser. Die Tür schiebt sich zu. Der Karton nimmt seinen rechten Fuß zurück. Die Glühbirne schmerzt leicht in den Augen. Die Zigarette hat ihren Geschmack verloren. Ich schnipse sie in den Bottich. Einer der Arbeiter dreht sich leise um. Er macht kein Gesicht als er dem Zigarettenstrunk umständlich hinterher klettert. In der Grube auf die Beine gekommen, ohne sich an den Stumpen zu erinnern, verharrt er, aufrecht stehend. Die Glut erlöscht früh. Ich sage, dass die ganze Stadt nach Bernhard Felskamp sucht. Der Karton stellt seinen linken Fuß vor. Es regnet nicht mehr und die Sonne sieht stutzig durch die Wolken. In wenigen Sekunden verbrennt die hitze-empfindliche Stadt.

7. Meine chromatischen Wallachspuppen

Er presste die Luft aus seinem Körper; er sah die
genauen, unterscheidbaren Tage des Windes
kommen. Sich betrinken und fortjagen auf na-
menslosem Archipel; Auslesen der verschiedenen
Dialekte in denen aus den Buchten Obszönitäten
in die Luft gehoben wurden. Nervenerkrankungen
herbei sehnend im Anblick eines versteinerten
Baches oder eines durch Blüten und Insektenlei-
ber verschütteten Teiches.

Als Pemon nach Köln zurück kam benötigte er
Tage um ein einziges menschliches Gesicht zu
erkennen. Im Dom erpresste er den Mund Lydia
Maurers; zwischen zwei Pflastersteinen aus
schwarzem Diamant riss er eine Blüte hervor und
murmelte ihren Namen, der sich so eng an die
Muskulatur des Tages fügte.

Er presste die Luft in den Körper Lydias.

Lydia Maurer versank in allen Meeren. Im Morgen fährt sie mit den Fingernägeln über das Haupt
ihrer Blumen. Ihr Blick streift ihren Schreibtisch
entlang, über dem sich der Ausblick auf den At-

lantik entfaltet und auf dessen Oberfläche ein versteinerter Fötus kauert, dessen Gestalt im Wind gleich dem Horizont in gleißender Hitze zu verschwimmen scheint, sich darunter aber glättet. Neben dem Fötus wird der Tisch von zwei autonomen Maschinen bewohnt, die zylindrische Formen und vier primitive, zarte Glieder besitzen. Im Zwielicht, das den Einbruch des Gewitters verkündet, beginnen die Maschinen zu singen; zu allen anderen Zeiten spielen sie in der Stasis des Föten, lediglich in allzu großer Hitze scheinen auch sie zu ermüden, sowie der sanfte, hingegebene Blick der jugendlichen Hausdienerinnen sie zu lähmen scheint oder vielleicht auch in ihren Automatismen eine künstliche Behaglichkeit erzeugt; Lydia erinnert, dass ihre Größe auch auf sie eine vollkommen sättigende Wirkung hat. Lesbische Erinnerungen spinnen Seidenfäden in die heranstreunende Luft.

Ich war geboren worden in den aufgehobenen, leise sich durch die Kinetik der Luft aufwindenden Jahre wie die Wellen, die ein Kiesel auf transparenten Gewässern zu Leben erweckt. Ich und Wieland schnitten mit leicht eingedrückten Mienen Holunder; und das Gras. Eine Anekdote –

sie drang mir einfach und, gerade deswegen, un-
verfälscht aus dem klebrigem Mund – hatte ihm,
aus vollem Halse, das Gesicht verweht, was das
meine auch hinfort drückte, winselnd, kletternd
die gesalbten Halme des Widerbaches entgegen
in die Wipfel, der, in abendlicher Schwemme und
Überspannung des Nervengeästs, Lüstlinge erhit-
zenden Borken.

Lydia Maurer hat sich um einen Zementball ge-
wickelt und sie ist so weich, dass sich auf ihrer
Haut die wundersamen Laute vielfältiger Bestien
kristallisieren. Eine Pelzflöte liegt auf der ge-
sprungenen Erde vor unaussprechlich schönen
Männern, denen an beiden Händen Finger fehlen.

Man vererbt seinem Kind ein Mondgesicht und,
sobald das erste Sterben dem Atem entweicht,
verdirbt man ihm – bewusst – in einem zeitlichen
Grenzgebiet der Reife die Wendungen der Not.
Man leiht ihm den Namen, nur um ihn selbst zu
entreißen und betrachtet aus der Nähe wie es or-
ganische Bischöfe schändet.

Am Ende unserer Zeit präsentiert sie uns eine
mechanische, automatische Hand. Im Herabsin-
ken des Eises vermählen wir, wie Strohpuppen
aufgefüllte Männer, uns.

Und Pemon, ja, er war der Erste von uns, der den Hafer im Schatten der Kammer zu einem verschrecktem Gesicht flocht.

8. Der Wolkenkrug

Er schrie, er besuche den Kranken in der Arkadengasse. Bücher wurden geschrieben; ihre Blätter bewegten sich in einem Schwarm durch den Lichtdurchwobenen Wind.

Die Raritätshändlerin betrachtete sich in den hinteren Geschäftsräumen ein exotisches Exemplar chinesischer Zeichenkunst auf einer Wand aus Papier; in einer, der Horizontalen folgenden Spirale, glitten goldene Wellensittiche vom Himmel, durch einen Kirschhain an den Fuß eines blau bedachten Pavillons hinab; durch ungewöhnliche Farbigkeit akzentuiert, steckten zwei zueinander gerichtete Sittiche halb die Klaue in das Gefieder; die Klaue des rechten Vogels, dessen Blick in Richtung des westlichen Pavillons weilte, hielt das Herz des linken fest umklammert; eine schwarze Blume schlief auf des linken Brust. Die schwarze Blume schmerzt in ihrem Geist. Dem grausamsten Detail der Zeichnung fehlte jedes Pastoral.

Laurent lehnte in der Ladentür; der Gasse folgten Interessenten, doch keiner wagte einzutreten und den gedrungenen Mann zu verweisen. Laurent kühlte sich; er dachte daran, dass er zu gierig ist. Mein Darm gehört in die Hölle verbannt; es zerbricht mir den Arsch; er stöhnte und torkelte vom Schrei.

Schreie sind gekommen; mit der Sohle zerknackte er einen Nashornkäfer; im Tod ermattete der Panzer. Die Wehr singt. Die Feuerwehr rülpst dem Abendhimmel entgegen. Sie wischen Schattenschnaps auf mit einem zerwühlten, schwarzen Rock. Wenn er weht am Bein; wie eine Fahne im Wind. Das war es also, dass ihm immer gefallen hat; die Frivolitäten im Schwimmbad, am Meer; die Möglichkeit zu sehen; wenn er seinen Blick auf ein Paar flüchtig entblößter Brüste richtete, sein ganzes Sein projiziert auf ein Objekt, war es Verliebtheit, die in der Seele ist. Die verspielte Lust war so stark und unbeherrschbar real, dass sie ihm die Orientierung nahm. Die Seele war in einfache Dinge verliebt gewesen.

Eines Nachts, sehr lange nach den frivolen Tagen des Schwimmbads und des Strands, fiel ihm die Seele aus dem Mund. Seine Haut verbrannte an ihr, wurde Schnee. Er legte sich auf seine Seele, presste sich mit dem Bauch auf das Bett.

„Der Scholte-Junge kann gar nicht schweigen",

rief er in den Laden hinein. Die Tür sackte in das Schloss. Als wäre sie so in die Welt gesetzt. Vena verrückte ihre Gestalt, setzte sich in den Laden vor, ohne Veränderung; ihr Blick reichte nicht einmal zu seiner zurück gelassenen Silhouette hin.

„Ich geh' weg. Hatte das Gefühl gehabt, ich sinke in einen Traum. Meine Hände waren Papierscheine; beinahe wie ein Strauß. Ich glaube, ich habe zuviel Glück gehabt. Wenn ich allein war, daheim, habe ich getrunken und wild getanzt. Ich brauchte keine Geduld. Und jetzt auch noch du".

Venas Gesicht brannte. Er hatte zu ihr mal gesagt, dass sie einen Vogel hätte, im Kopf. Überall in ihrem Körper sind tatsächlich Vögel, dachte sie, ich bin ein Käfig für singende Farben. Der Glaube zerbricht mir die Stirn. Ist mein Hals tatsächlich so kaukasisch? Warum strecken alle, selbst die kleinen Kinder, bis unter den Scheitel noch voll mit Entropie, die Hände an meine Kehle? Mit dem Zeigefingerrücken; wie einem halslosen Vogel.

Sie drehte sich um, sie wollte Laurent ansehen. Er ist kein zusammengestecktes Ding. Ein Dinggefäß, am Horizont festgewachsen; ein scheppernder Wolkenkrug.

„Im Februar bist du mitgekommen zum Kranken. Der Scholte-Junge hat dich nicht darum gebeten, mit seinem Mund", ein schlüpfriger, gleitender Mund. „Ich blieb daheim. Ich rauchte einer deiner köstlichen Mischungen; die Malaien, die sie anbauen, nennen ihre Aufseher *schnelle Götter*. Sie erzählen ihnen, dass die *gemächlichen Götter* sie vielleicht zurechtweisen werden. Die Aufseher blinzeln nicht. Ich sackte nach wenigen Zügen zusammen und stellte mir dies im Halbtraum vor. Als ich aufwachte, fühlte ich mich durch und durch erfüllt mit Geburt und meine Brüste sabberten Milch. Ich lief in das Bad und entblößte meinen Oberleib. Ich hielt meine Warzen in die Wanne und versiegelte den Abfluss. Sie wollten nicht aufgeben; ich blieb solange auf den Knien bis ich alles Blut in sie strömen fühlte. Ich zerschnitt mir die Vorhöfe mit einer Bartschere und rasierte meine Achseln bis sie brannten. Ich blieb eine Stunde im Bad auf dem Boden liegen; das Fenster war angelehnt, auf der Straße lachten zwei junge Frauen. Ich hörte das Geräusch ihrer Haut; sie lachten und verbreiteten glucksende Töne – Himmel, ich weiß nicht was es war. Ich ging in den Laden hinab; du kamst, verbrannt vom Licht in den Laden und sahst auf meine

Brust hinab bevor in den Lagerraum liefst. Ich ging in die Wohnung zurück und blickte in die Badewanne in der nur eine klebrige Lache aus Urin klebte. ‚Der Kranke wird wahrscheinlich heute Nacht sterben', hast du zu mir gesagt."

Laurent holte einen schwarzen Flachmann aus seiner Manteltasche auf dem eine polynesische Gottheit dargestellt war; süßlicher, ätzender Kirschlikör. Seine neue Kehle gleitet auf.

„Oben weint jemand". Zwei Kinder springen im Krebsgang die Gasse hinab und schlugen auf das Pflaster mit Trommelstöcken ein. Auf der Hälfte beginnt die Gasse zu schweigen; „Als ob jemand sie zugedeckt hätte", denkt der Scholte-Junge am Ende der Gasse. Ich muss mein Herz beruhigen, es wird sonst wieder wie früher.

9. Heuschreckenschwärme verdunkeln die Sonne

Ich ziehe mich auf Wassern an. Die Asphodelien schlucken bösartig. Ich gehe auf zerknitterten Meilen. Ich bin irgendjemandes Bräutigam.

Aus Kakteenblüten sauge ich alles Pistaziengrün. Meinen Anzug stelle ich wie Hephaistos in verlassenen Bergschmieden her. Ich verirre mich in meiner Hand. Eine Stunde glänzt mich.

Ein Abend betrinkt mich. Ein Herzblatt wird abgeknickt. Ich rauche Erdbeertabak und esse Gurken während ich warte. Ich bin irgendjemandes Liebchen.

Abends kann ich in die Ferne sehen. Rohrdommeln kriechen unter bespritzte Tischtücher. Auf mich kann ich mich verlassen. Immer fehle ich jemandem, an so zarte Bande geknüpft.

10. Feldrot

In der roten Ebene war der Mund erfüllt von flackerndem Kitzel; gezeichnete Insekten fallen ins Wort hinein. Die irrenden Dragoner schneiden sich die Zungen heraus mit, wie Mütter singenden Messern. Sie legen Mandarinenschalen auf ihre Brust.
Matador.

Matador, ich frage mich: was hielt deinen Gesang fern von uns, warum hängt sich deine Gestalt im Himmel auf, warum verschütten deine Poren transparentes Nass?
Wildtiere verfangen sich in unseren Lanzen, selbst wenn wir schlafend in die Löcher der Briefe steigen.
Schwarz waren die Schlüssel zu den Wachtürmen geworden.

Der Soldat Laures sprach in der Naht der Hügel unter einer zitternden Pinie mit einem Mann aus verschimmeltem Brot. In den Furten erlernen und üben die Männer ihre einschüchternden Lieder, die ihre Feinde zu Stahlwiegen oder ihre Panzer zu Flaum werden lassen konnten; die Kappen hinunter gleitet das Pferd aus Ton.

Die rote Form erhält ihre Umrisse durch die Zeichnung urzeitlicher Krebse.

„Ich habe etwas geübt", sagte mein Vater. Mein Vater war ein ziegelsteinender Turm. Der Wind ist mit ihm im Bund. Anonym hat er das Wappen unseres Volkes gemalt, obwohl er nur einen Finger besitzt.

Meine Kindheit war vollmundig aber auch gefahrvoll; ich ruhte mich in seinem Besteck aus, trug seine Schere auf dem gedehnten Hals.

Als ich erwachsen war ging ich gelegentlich zum Tee auf die Terrasse hinaus und sehe die Dragonerarmbanduhr auf den Jalousien der Geschäfte liegen oder auf einem Draht hängen, der über der Gasse aufgespannt war.

11. Hiob

Ich wische die auch faule rote Melodie zwischen ihren Lippen hinfort. Der Atem ist brüchig; irgend so was wie eine vage Hoffnung altert darin. Ich bin nur hier, um sie hinter die Schwelle zu tragen und im Mantel meines Lebens begraben.

Der Wind ist wund. Weise Fliegen wühlen ihn zwischen ihren Flügelspitzen auf. Die Polizisten und Tischler tragen Infektionen in ihren Bärten und Wangen während sie sich über die kühle Kreuzung entströmen. In den frühesten Fenstern ist der älteste Wille.

Die Floristen balancieren in ihren Träumen auf den Außenrändern der Rollläden und im Morgen nehmen sie eine gesamte Lkw-Ladung verknickter Blumen an, ohne dass ihr Fingerknöchel auch nur einmal aufblitzt. Der Wind verliert sich in sich selbst. Eine sanfte Bewegung überführt alles Schweigen. Die Kleinkinder paffen auf den Balkonen und stecken die Zigaretten in ein Etui aus parfümiertem Kupfer.

Das letzte Voraneilen in den Nächten welkt nach. Bourbon-Flaschen zerspringen einfach in der Luft und nur die Haut ebbt in einem Strom von Gedanken nach. Ein Hund umquert den Häuserblock und frisst Eier. Der ihn erwartet sieht ein wenig aus wie ein verwachsener trojanischer Held.

Gott sei Dank sind diese Wände nachgiebig, nur der Einfall eines erinnerungsschwachen Hethiters…

Ein seltsames Schuldgefühl ist es, das mich nun befällt; nie einen Morgen in dieser Stadt zugebracht zu haben. Eine alte Vergesslichkeit bereitet sich in all unsren Innern. Ich verschlinge schwach eine alte Brezel, während aromaloser Kaffee kocht. Dutzende von Kupferreißverschlüsse bedecken den Tisch und graben sich wie ein Korallenkrebs in meine Gedanken ein. Eine dunkle Begierde nährt sich, zieht still vorüber aber vertreibt das Licht aus dem Gemüt. Das Kupfer scheint sein Aroma in den Teig hinüberzufärben.

Ein Trilobit wiegt sich auf ihrem Mund. Tote Musik rollt sich über ihren Hals hinweg. Aus der Sonne entströmt halbgöttliches Öl.

Gekittete Dummheit; unheimliche Frisiermaschinellen, die so oder so den Horizont gegen an geprobt werden müssen; neben irgendwas hervorbrechen, fraglos da sein.

Und was wollen wir damit?

Schalen aus blauem Stuck in dem ihr Bauschaum,
eure Träume aufkocht?
Ein schlanker, himmelblauer Kopf schwankt vor
und zurück. Ein alter Junge mit einem von Kies
übersäten Tennisball. Campari und vergammelte
Orangen auf einem Bügelbrett mit kitschigem
60er Jahre Haushaltsbezug. Dagegen biegt sich
ein Kind mit einer Apotheose in der Hand.
Ein heißes Gesicht lehnt sich an den Stromkasten
und verfällt in einem unklaren Brikett-Traum.

Ich warf, als die Sonne aufgluckste, Zigaretten-
asche in einen Basketballkorb. Ich war mir nicht
sicher, aber dennoch glaubte ich: dass ich hier
bin. Keine Andersartigkeit. Spiritus Insuffizienz.
Wie in einer Werbeanzeige klopfe ich an die
Flanken eines Monoton 13-Bildschirms. Gegen
die Leute.

Der Verkehr ist eine unterirdische   Insekten-,
Abwasserstraße, während jemand versucht einen
Euro in den Lücken zwischen den Fingern um-
herschlendern zu lassen. Er ist zielsicherer als
traurig. Eher spontan als weich. Will einen Un-
terpfand an Fähigkeit erwerben in der gänzlichen

Abgeschiedenheit seiner Schwarzwohnung. Seine Armbanduhr zeigt nur eine einzige Wiegenstunde an...

Sofia richtet sich im Bett auf, wie ein Klappmesser, ja, davon hat alles was, ein wenig. Korrosion zeichnet sich auf ihr ab.

Ihre Präsenz ist durchspalten. Transmutagene Erotik migriert durch ihren Torso. Ihr ist anzusehen, dass in ihrem Kopfkissen Münzen sind. Ihre Anspannung ist nicht in den Morgen entlassen; ihre Fäuste ballen sich, ihr kommt aber kaum etwas anderes in den Sinn als sich selbst zu verlachen.

Bei den Werften kotzen Schiffe in den Hafen; ich glaube gehört zu haben, dass ihre Lasten weich, fast fleischig sind. Ich glaube auch, dass man mir gesagt hat, dass ein lokaler Restaurantinhaber auf dem Dach des Mietshauses in einem Zelt lebt.

Hilft er mir?

Teilt er mit mir seine Pläne für den Ausfallschritt?

Vielleicht auch nur einer dieser Wichser; besoffen soll er schon mal in einen Kinderwagen geschissen haben. Wenn's auch nur ein irrwitziges

Zusammentreffen war. Wenn schon. Das sind keine guten Menschen.

Ich wische mir die Hände an Sofias Fußsohlen ab.

Ich fiel einfach in die Straße hinein, war mit einem Schritt in ihrer Tiefe gestrandet. Manchmal fiel ich durch alle Böden hindurch.
Es gibt jemanden, in dessen Schatten ich lebe, nur habe ich ihn nie kennen gelernt. Ich habe das Gesicht meiner Eltern und viel zu wenig zu tun.

Ein alternder Dandy stopft sich Laternen in den Mund. Ich komme zu spät zur Arbeit. Ich werde dafür bezahlt zu arbeiten. Sie passen auf, dass ich meinen Kram regle. Sofia sackt zusammen, wie ein Klappmesser.

12. Vogtgärten

Die Zucker-Kapellen; ehrgeizig, ebenbürtig verdorben, aufgequollen.

Dass sie sich, einst von Maden angefressen und in furchtbaren Ekel, die eigene Heiligkeit bezeugten.

Ein Ghetto unverehrter Sinnlichkeit.

Genötigt den Mord zu lieben den der eigene Sohn begeht.

Sie haben bestürmte Gesichter und grazile Körperumrisse.

Sie verstecken sich hinter dem Schmieren und anschließend augenblicklichem Vergessen von Fabeln.

Sie bemitleiden die eigenen Bluthunde.

Ihr Herz ist stets schwer.

Stets trauern sie über die Nymphen, die sie Jahr für Jahr verzehren, wissend, dass sie mit jeder, der sie nehmen, wie unreifes Obst nicht pflücken sondern schlicht von ihrem Ast reißen, die Zelle eines einzigen Leibes zerstören.

Es ist leicht sie zu besuchen. Du kannst dir einen Sommer nehmen, aber sie haben dir den Sommer genommen. Das oberste Molekül eines Fingernagels ist auf ihren Reisweg, 14, gerichtet –

13. Schwimmen gehen

Sein Mund war nur noch eine trockene
Scheide, ungerecht und grundlos verdammt
an einem verstaubten Donnerstag. Das Herz,
das niemals schlägt.
Nicht alle Rüschen, abgefallene Blüten des
Ruhmes, hülfen. Der Mond wird die Sonne
wie eine Raupe in zwei Stücke beißen.

In die Stadt führt ein Weg aus winzigen
Schädeln. Es ist keine lange Strecke bis dorthin zurück, nur der Mann mit seinem hasser-
füllten Blick, dem ich irgendwie, ich weiß
nur nicht wie, auf die Füße getreten bin, steht
davor.

Aber an ihm liegt es nicht.
Ich hab einfach tierischen Schiss.

14. Luftglieder

Einen flutenden Frühling;
Mehr findet sich nicht hinter Strauch und Stirn.
Wir haben die Finger, geekelt, flirrend bewegt,
die Jungfrauen geblendet. Doch, „horche" spreche ich meiner Kindheit zu, die Welt ist an Hinweisen leer. Ein Ding als solches nur dem anderem aufgehetzt.

Wie haben wir sie, aus durchscheinenden Lauben, verehrt. Und hinüber gesehen zu ihrer im Sturm sich regenden Hand; die Träume reichten zu unseren glucksenden, brennenden Bäuchen herab und stießen sich in Lanzenformen durch die Stirn eines ewigen Kindes. Ich sagte zu ihr *Verstaltete* und Erico sagte ihr: „im Wind verknüpft geworden".

Es kam der Tag an dem sie mir den Mund verbot, wenn sie auch nicht wusste wie. Ich spürte es nur. Ich entsann mich eines befremdlichen Vergleiches des Eros mit Macchiaveli und, in einer Form der Benommenheit, erinnerte ich mich nicht das Nachtlicht der Laube zu löschen. Das Glühen erstreckte sich gleich einem Tunnel durch die halbe Stadt während mein halb schlafender Leib sich mit Feuer voll sog.

In der späten Hälfte der Nacht stieß mich Erico an und warf mich auf ein kühlendes Tuch; er hatte das Licht der Laube gelöscht. Die Straße zeigte seinen Schweiß und er erbrach samenweißen Saft in ein lichtblau funkelndes Geschirr. „Alles", begann ich mit einer zitternden Stimme; sie war weiblich in meinem Gehirn, tief und aus letztem Schlaf gemacht. Alles hätte ich mit dieser Stimme anstellen können, sie gehörte nicht mir, gibt nur wieder. „Alles war in seiner Gestalt gerade zur Perfektion gelangt: das verletzende Sandgras und der Duft der Häute. Bis zum Glühen erhitzte, weiße Haut riecht immer gleich, glaube ich. Meine große Schwester und meine Cousine waren wie Zwillinge mit ihrem Leib unter dem Gesicht; ich weiß nicht ob einer von ihnen es war oder ich, einer zumindest drückte einen Halm des Sandgrases gegen meinen Arm; zweimal kam mein Blut – einmal war es nur ein Tropfen, das andere Mal schoss es in Strömen in einem Bogen über meinen Unterarm. Ich, der Mensch, der ich bin, ist beides Mal gleich, aber nicht am selben Ort. Beide vergraben ihre Unterschenkel im problematischen Sand; die beiden jungen Frauen verdecken die Oberschenkel gleich, die gleichen Wangen werden mit einer geheimen Bewegung berührt.

Auf einmal sah ich mich auf sonderbare Art; ich stülpte meinen Mund über das Meer. Beide Frauen stecken ihren Kopf aus meinem Rachen; zuerst erscheint der Kopf meiner Schwester, danach, nach wenigen Sekunden, rückt das Haupt der Cousine hervor; es ist bei beiden Malen gleich".

„War deine Schwester dort, um dir den Mund zu verbieten?"

Ich sah in Ericos Augen; sein Blick war nicht zu fixieren; beide Augen regten sich unablässig in alle Richtungen. Ich bedeckte seine Augen mit meiner dürren Hand; in den Schwindeleien des Schattens kriechen die Finger um seinen gesamten Schädel. Wenn sein Herz jetzt bräche.

„Sie waren beide da, Freund. Sie sind sich sehr ähnlich; ihre Körper sind es. Ich wollte nicht hinsehen, aber es ist wahr."

Seine Augen fassten sich, unter der Hülle. Er sieht hinauf, über die Hand hinaus.

Er dachte nach; die Stirn zerkriecht – das Gewölbe ist leer, mein Junge, das Gewölbe ist leer – jahrelang – mein Junge, jahrelang – was ist mit deiner Gruft, Alter?

Alles zieht wie Rauch zurück unter die Hand.

Erico war etwas wütend; ach, die Diebe. Er sagt zu mir, er war immer so, ich muss ihm verzeihen; gegen Diebe hat er Vorurteile. Und auch mir geht es nicht anders. Wir müssen das ganze Glühen ablaufen, wissen, was ich angerichtet habe als ich verstrickt war. Tatsächlich muss man nicht wissen, wie schlimm ein Problem geraten ist, um es zu lösen, aber man benötigt die eigene Form. Um zu retten, braucht man Gestalt. Liebe und Courage sind große Vorzüge, aber lösen können sie nicht. Warum sollten sie? Ein Mann und sein Kind: sie stehlen sich gegenseitig das Fleisch.

Wir folgten der Straße; ich war matt von Schlaf. Die Möglichkeiten hingen mir nach; die großen Träume fressen den letzten Rest Leben auf; ob auch hierin Courage steckt? Alles scheint mir ohne Ziel und gerade diese Nacht ist voll davon: Ziellosigkeit. In der Nacht gibt es fliegende Objekte; isolierte, abgeschlossene Erscheinungen. Und jetzt bemerke ich es: alle Formen der Welt sind grausam anzusehen; Gestalt, wie abstrakt sie auch, ist der Engel des Schmerzes. Man braucht Glauben um zu sterben.

„Die Schritte der Diebe werden so laut sein wie der Gesang von Gott", sagt Erico.

In der Fußgängerzone, als jemand das Glühen einst nicht löschte, habe ich eine Fête betrachtet; die Band sang sich die Glut im Schatten eines Kaufhauses; Redner murmelten aus den abseitigen Fluchtwegen. Leute tanzten darin, nur ein Mädchen hockte im breiten Streifen der Sonne und weinte; ein älterer Trinker schlug sein Wasser im Sonnenstrahl ab. Ich warf Mantel und Hemd über beide. Sie waren schöne Wesen; ich dachte, der Vater, die Mutter, das Kind, wusste aber nicht wer was war.

Ich sagte Erico, dass ich glaubte, das Glühen würde uns an die Bergstelzergasse führen. Ich war nach langen Wochen heimgekommen; es war Nacht, die Grillen sandten ein durchkreuztes Lob an den Menschen, die Eulen versteckten Türme in ihren Gefiedern. Ich stand da in der Haustür mit einer Spielkarte. Bevor ich ins Haus gekehrt war, zehrte ich die starken Blumen aus der Lunge des Hofes; es schmerzte, weil mein rechter Arm gefesselt war; mit einem Aderlass bereitete ich mich jedes Mal auf die Heimkehr vor, vielleicht, weil ich leichter sein muss; gelegentlich komme ich heim und bin wieder verschwunden, ohne dass ich bemerkt wurde.

Als ich ins Haus kam wurde mir schwindelig; kleine leuchtende Puppen waren in meinem Blick und tanzten über die Wände. Ich kochte Kaffee; während er durchlief sah ich nach den Büchern, die meine Eltern lasen – ich erkannte ihren Inhalt auf einen Blick.

Als ich die Kanne aus der Maschine zog, spritzte brennende, schwarze Pflanze auf meinen Verband und es kam mir köstlich vor, als würde ich ihn mit dem Mund trinken; eilig versuchte ich mehr darauf zu verschütten, es musste allerdings ganz natürlich wirken. Das Spiel kettete all meine Sinne aneinander; eine halbe Stunde fand ich mich darin verfangen, bis der Kaffee nicht mehr hinreichend erhitzt war, um Schmerz zu erzeugen und ich in mir, ermattet wie ich war, das Derivat des Schmerzes fühlte. Die Dinge waren in zwei Stücke gerissen; ich glaubte meine Lippen glimmten wie Glühwürmer; ich verspürte den Wunsch in meinem Arm wäre ein gewaltiges Loch, das mich belohnen würde mit der Reizung aller Sinne, wenn ich meinen Mund hineinpresste.

Im Dunkel meines einstigen Kinderzimmers legte ich mich auf den Parkettfußboden und wand meinen Leib; ich dachte, du bist nur noch ein Reptilleib für mich. Ich verlor meinen Mund.

Doch dann schlug mein Instinkt mir in den Leib; ich wurde sofort Mensch und machte den Raum hell. Meine Sinne kehrten zurück in sich selbst; sie rollten in farbige Schatullen. Wie ein Mund. Der erste Blick, den ich auf meine Schwester warf, ruhte auf den starken Adern, die ihre Knöchel ornamentierten. Ich schleuderte die Decke von ihrem Leib. Sie lag entkleidet im Bett und ihr ganzer Leib war von nässenden Entzündungen bedeckt, beinahe gräulich pressten sich die Nerven eng an die Innenseite ihres Körpers, der vollkommen gläsern wurde bei jedem tiefen Zug ihres Atems. Von ihrer Unterlippe bis zum Ende des Unterleibs war eine besonders starke, schwarze Narbe. Mir trat Wasser in die Augen; erst glaubte ich, es wäre Blut. Beinahe schien es mir, ich wärmte die Sachen um mich mit meinem Blick; ich sog tief Luft ein – die Luft stank nach der seltsamen Melange von Minz-Pastillen und dem traurigem Aroma von Scheiße. Ich atmete aus; die Nachttischlampe hob sich etwas vom Tisch, fünf, vielleicht zehn Zentimeter. Ich stöhnte wie eine würgende Krähe; beinahe übergab ich mich auf ihren geschundenen Körper; etwas tief Lebendiges war in mir und protestierte.

Und schließlich sagte sie: die Bank an der

Bergstelzergasse. Es war zu kalt, aber sie war müde. Ein Mann wollte sich mit ihrem Leib vertauschen, aber sie war zu gut gewesen um zu bleiben; sie war eine Novizin in den Begierden des Menschen. Also legte sie sich müde auf die Bank und da war es: es rollte in ihr Herz; es sah aus wie ein fliegender Kopf aber aus rostigem Metall gemacht, primitiv aber völlig selbstverständlich. Aber ihr Herz war unterkühlt; der fliegende Kopf rollte durch warme Luft in den entfernten Himmel; obwohl er so schwer schien, kam er nicht wieder herab.

Ich ging hinab, habe mich ohne Bestimmung gefühlt, fast war ich ein wenig frei. Ich holte die ausgerupften Pflanzen in das Haus und warf sie auf die Treppe.
Treppe, Leiter. Wie Wille und Zeit. Schon einmal einen freien Mann gesehen? Wenn er eine Spur hinterlässt, die ihn unveränderbar macht, dann würde ich sie verwischen.
Schon einmal ein freies Wesen umgebracht? Es geht nicht. Unfreie Dinge müssen geschaffen werden.
Ein Atem ist nichts anderes als das.

Stumm wandelten ich und Erico durch die Nacht. Wir tauschten unsere Leiber aus um nicht müde zu werden. Uns war nach Summen; wie eines der polnischen Akkordeonstücke, die ich so liebte, vor Allem, wenn man sie an Baustellen macht, doch wir waren still, gleich schon immer still gewesen. Es ist viel Macht in stiller Bewegung, im Vorbeigehen; ein sonderbares aber nicht abgespreiztes Element in der Landschaft. Man zeigt in anspruchsvollen Filmen schließlich auch besser keinen sprechenden Menschen sondern, wenn es überhaupt sein muss, vertraut man der Tonspur diese Bürde alleinig an. Man muss nichts manipulieren; die stumm Bleibenden drücken sich klar aus.

Wir kamen an die Bergstelzer. Erst sagte ich, tatsächlich, dann aber war mein Blinzeln ein paar Meter voraus, vom starren Gehen. Ich berührte die Bank; wie kühl sie ist und das im Glühen. Selbst wenn es das Glühen schon gegeben hätte, wäre nichts anders. Doch im Grunde wusste ich das ohnehin; kein Selbstbetrug, nein, Schuldgefühle hatte ich nie gehabt. Ich habe mich aus mir selbst heraus entschieden. Dagegen?

„Weiter", sagte Erico, brauchte den Mund nicht

aufmachen;

warum gerade jetzt?

Das Glühen endete, wenige Kilometer weiter, leicht verstellt ins Feld. Etwas stürzte auf die Erde, es war aber nur ein Blatt.

Wir sogen das Licht ganz auf; ich sah den Weg entlang, den das Glühen gezeichnet hätte, wenn es zu mehr gereicht hätte. „Vergiss es", sagte Erico, „wenn man lang genug geradeaus geht, kommt man überall hin". War schon wahr, verhältnismäßig.

Ich habe meiner Schwester mal ins Gesicht gespuckt.

Und dann?

Sie hat zurückgespuckt. Aber das war kein Hinweis gewesen auf das Später, nur ein Ding, ausgefüllt von Menschen, Zeit und Objekten, die man teil als leblos, teils als lebendig erachtet. Wie die Taube, die sich über ihren Hals legte. Sie war wie ein Schal, der sich selbst aufgefressen hat.

15. Frauenkreuz

Die Feiern machen dich streng.

Mit Dutzenden zusammen zu sein, die du, spontan und aus innigstem Herzen als innige Freunde und geschätzte Gefährten auf deinem Weg deklarieren kannst, hat dich ernst werden lassen.

Der erwähnte Weg führt in die Hölle.

Aber dir schmecken die Sträuße zwischen den Zähnen.

Du könntest dich nicht entschuldigen.

Du schlitzt mich.

16. Bekosch

Ich kann mir denken, wie sie mich betrachten; entrückt mit den Namen der Eidechsen wartete ich auf einen Riss von brennenden Stoff und meine sentimentale Bulldogge, das sanfte Tier, haben sie in meiner Abwesenheit mit Sicherheit mit vergifteten Wurzeln gefüttert.

Meine Hände fühlten sich so heiß wie Kugelblitze an. Wind ist im brechenden Schlamm. Es hatte nichts mit den geplünderten Geldkassen in den Tanzschulen zu tun oder mit Roswitha Menne, über die man nun das herzlose Gerücht verbreitet, sie hätte ihre Wangen nicht von meiner Krone aus Fröschen gehoben, die ich begonnen hatte zu tragen.

Sie haben mich hinausgeführt, weil ich nicht mehr tragbar war, so wenigstens die Begründung, die diese Gesellschaft, die mir auf einmal wie eine Bande Nazis erschien, mir nachreichte als sie Wurzel und Ast ebnete um fahlen Schilf in meinen Haarschopf zu binden.

Müde lehnte ich mich gegen einen verrotteten Kiosk und trank heimlich etwas Whiskey-Cola als mir der Gedanke kam, Roswitha Menne, um die es ja gar nicht gegangen war, müsste ich anrufen.

So ein Unsinn wie der Stadtplan könnte wieder flach werden.

So eine Gewissenhaftigkeit wie die unserer Polizisten könnte, statt der Form eines Seeigels, wieder zu einer ruhigen Kugel mutieren.

Sanfterer Stoff könne über den Straßenrand aus einem gotischen Fenster hervor gleiten und unsere ehrfürchtigen Seelen blenden mit verantwortungslosem Stolz.

Ich verzehrte, ergriffen von einer leisen Regung einer irr geleiteten Hoffnung, die Haare, die ich in satten Bündeln von meinem eigenen Haupt zog und kickte einen kleinen Ball aus zusammengeknüllten Aluminium zielsicher gegen einen Ziegel in der nahe liegenden Hauswand der als einziger mit gelber Kreide angemalt war. Ich fuhr auf einen Song von Jethro Tull ab, der aus einem Radio, das nicht weit entfernt stehen konnte, kam.

Als es später Abend wurde, machte ich mich schließlich zu Roswitha Menne auf; ich kühlte mich innerlich ab, denn es war möglich, dass Robert Menne, ihr ernster, elitärer Bruder bei ihr war, der in großer Sorge darüber war, dass sie einfach nicht voranzukommen schien, was durchaus nicht ganz ungerechtfertigt war, denn auch, wenn sie sich durchaus auf gewissen Wegen voranwühlte wie jemand, der süchtig vom Graben geworden ist, so scheint sie auf anderen Wegen bereits gänzlich und fatalistisch die Richtung zum Ursprung, zum (unter gewissen Gesichtspunkten) Prähistorischen eingeschlagen haben. Sie besaß einen grauen Hund gewaltiger Größe, ebenso wie ich es vor Kurzen noch tat, der, selbst an tierischen Maßstäben gemessen, unter einem bösartigen Wahnsinn litt, und ich erinnere mich gut an das, was ich dachte, als ich ihr das erste Mal in einem langem grauen Trenchcoat in der Frühe im hiesigen Wald begegnete, den ich auf den Heimweg durchquerte nach Vollendung eines Abends, an dem ich wieder einmal den Durchblick verloren hatte, was ziemlich häufig geworden war und vielleicht auch der Grund, warum man schließlich soweit gegangen ist um mich loszuwerden.

In meinen Gedanken begannen die Menschen meiner Stadt – eine ziemlich kleine natürlich – wieder außerordentlich freundlich zu wirken, wie sie es schier jahrelang auf mich taten, doch ich muss mich zusammenreißen. Sie hatten dich gewarnt und hätten, das war ihnen bei allen Unbill längst noch gestattet, bis an ihr Lebensende damit fortfahren können. Stattdessen haben sie nicht etwa nur dein Leben riskiert. Sie haben die Seeschale über dich gelegt. Ich hab noch etwas Durchblick beieinander und weiß, dass das auf dieser Seite des Globus und im frühem 21. Jahrhundert wirklich nicht ganz die Art und Weise sein kann diese Dinge zu klären.

Ich weiß nicht, was ich fühlen soll; meine Glückssterne tragen allzu krumme Narben.
Roswithas Haus wird gelüftet und alle Kinder fliegen zur Türe hinaus; bei so früher Nacht hoffe ich, dass ihre Eltern nichts zur Wahrheit erträumen.

Ich trete zur Stube hinein da ihre Haustür offen weht. Die Luft kam mir zuerst vor als sei ich in einem Mangrovensumpf gelandet, aber das war nur ein Gespenst; man sieht den Tannenwald vom Fenster aus und alle Bäume krachen oder eher glucksen sie trocken.
Der Ventilator bewegt sich stotternd und abgehackt weil ich wegen einer schwachen Hand ihn nicht kurieren konnte. Es riecht nach alten Reise-

heften, die sie sammelt ohne die Geduld zu haben sie zu lesen; die Abendsonne bleicht ihre Katzen aus, denn die Jalousie ist ebenfalls defekt und lässt sich nicht richtig schließen. Der Boden ist voll von gefüllten Flaschen und staubig. Die Teller sind noch nicht abgewaschen vom letzten Mal, das wir zusammen gegessen haben; hat sicher die Katzen etwas aufgefüllt, die einen verstörten Eindruck machten.

Roswitha hielt vor der Tür an; sie trug vereisten Wein; der Raureif kroch ihre Finger hoch, auf ihren Arm zu. Nägel steckten in ihrer Gesichtshaut; der Biss eines Insektes hat die junge Mutter geschwächt. Nur deswegen überhaupt Wein, Cassis. In ihren Augen stecken noch die zweieigigen Zwillinge von zwei Männern von einigen verwirrenden Stunden auf dem Kamm. Summend karren sich die Steine hinab; ruhiger Stein. Es steht noch Fertignahrung in ihren Schränken, die mit dem Namen dessen ausgestattet ist, der eine Woche vor dem Sumpf erst als ehemaliger Assistent eines Naziarztes entlarvt wurde; weiche Flocken Brot zwischen den Zehen.

Sie hatten hier zu dritt gewohnt; die beiden Väter, einer davon ganz enthaltsam, da er nicht zu ihr gehörte, sind schon voranmarschiert. In größere Wände. Und nun ist jeder wütend und feist den man anblickt, weil sie als einzige nicht aus ihrem Versteck gekrabbelt kommt.

Die beiden Männer haben gesplitterte Lippen aber sonst ist ihnen nichts anzumerken; vielleicht ist da auch nicht sehr viel. Die Gerüchte, die sich um die beiden ausbreiten, zumal die Kinder bei ihnen sind, existieren notwendigerweise, wenn sie auch allen lächerlich und leid sind. Einer reißt sich immer auf. Einem fehlt vielleicht gerade Spucke.

Ich stand im Flur; sie sah mich, öffnete den Cassis noch auf der Türschwelle und drückte mich in die Küche.

„Willst du etwas Nazischmaus mitessen?", rief sie durch die Küche als sie auf Zehenspitzen ging um an die Regale zu reichen. Normalerweise sieht sie keine Nachrichten, hört nicht dem Radio zu.

Der Wind verhedderte sich an einem Nagel und kreischte. In Roswithas Hosentasche steckte ein schweres Messer.

„Robert ist verrückt geworden; du musst mit ihm reden."; „warum sollte ich das?", antwortete ich stutzig. Sie litt, das konnte ich sehen. Die Haare in ihrem Nacken winkten wie kleine Peischen.

„Weil du weißt, wie das ist."

Es ist als ob sich eine Woge des Verrottens über allem zusammenstaucht. Furchtbare Nachrichten werden wässrig aus allen Gullys, aus allen Seitenstraßen geschwemmt.

„Hey, was denkst du denn? Ich muss mir meinen Lebensanlass auch jeden Tag neu ausdenken", sagte ich grinsend, aber das war eigentlich keine Antwort; es gehörte nicht dazu. Blut trat in dichten Wolken hinter meine Stirn.

Wenn Robert heimkam gab es nur eine kleine Bar für ihn, die er immer um Neun angriff. Er kam auf keinen Fall früher – entgegen einer Vielzahl der Heimgebliebenen war er ganz klar kein verzweifelter Säufer, wenn man es genau nimmt, war er sogar ein bisschen die Karikatur des Gegenteils eines verzweifelten Säufers, was unseren Alkoholismus nicht verherrlichen soll. Das wäre auch ziemlich dämlich, schließlich kommt man schnell bei ihm dahinter, dass es trotzdem der allgemeine Alkoholismus, der hier schlimmere Schäden anrichtet und ärgeren Kampf erfordert, als das Meer, dass uns seit jeher zu vernichten sehnt, der ihn so werden ließ, auch wenn er sich nur durch strikte Abwehr an dem Spiel beteiligte.

Bis Neun waren einige Stunden zu übergehen; ich

musste noch ein wenig altern um ihm gegenüber zu treten.

Ich aß ein wenig bei Roswitha auch wenn das Sumpfwasser es wieder davon treiben zu schien, saugte am Cassis wie ein Säugling mit einer eingedrückten Schädeldecke und verwirrte ihre Tiere, die neben den drei Katzen und dem im Keller eingesperrten Hund auch aus einer kleineren Schar Wellensittichen und Kanarienvögeln bestand, die in ihrer Voliere im Verhältnis zu ihrer Größe mehr Platz hatten als ihre Besitzerin, im Verhältnis zu ihren üblichen Artgenossen aber recht bedächtig und ruhig waren, so dass sie zu siebt weniger Lärm erzielten, als es bei zwei zänkischen Tieren der Regelfall ist.

Die Atmosphäre dieser fast drei Stunden war überaus häuslich, als würden wir seit Jahren aufeinander hocken. Im Grunde war alles gegeben für jene Atmosphäre, für jenes Flair, auf das ich wartete nur um zu sagen, dass ich nun ruhiger sein würde. Dass ich kein Problem damit hätte, das nichts mehr geht.

Stattdessen aber fühlte ich, völlig aus dem Nichts heran treibend, das Böse, das Verkommene. Selbst das Schlimmste, das ich mir ausmalte, reichte nicht um zu erklären, aus welcher Daseinshülle dieses Erschrecken hervor kroch. Vielleicht erkannte ich einfach etwas wieder. Eventuell war es so ein geheimer Gedanke wie: das hätte ich nicht gebraucht, wenn ich mich einfach tiefer in den Sumpf verkrochen hätte.

Auf der anderen Seite hatte ich nicht einmal meine sentimentale Bulldogge vermisst, seitdem ich mich aus dem zähen Wasser gezogen habe.

Ich ging um kurz vor Neun los; Roswitha hatte noch ein trockenes Hemd für mich. Man konnte mich immerhin ansehen. Das war gut.

Ich folgte der Holstergasse und sah viele Fernseher laufen. Durch die Fenster. Das Licht in Stuben wirkt von Außen immer alt. Mein Eindruck. Was weiß ich? Ich bin nicht mehr jung, aber auch nicht alt, „too old to Rock n Roll, too young to die" gewissermaßen. Was mich schwerfällig macht, ist mein Hang zu Gewohnheiten; ich hatte immer Angst etwas anzupacken, das ich noch nicht beherrschte. Selbst meine Eltern sagen, dass sie in Anbetracht meines jetzigen Lebens sich wundern, dass ich überhaupt das artgerechte Scheißen erlernt hatte.

Es hat Jahre gebraucht, die Holstergasse zu benutzen.

Robert Menne war mit seiner Nichte da. Ich weigere mich, ihren Namen zu nennen. Er trank Meereswasser. Ich bestellte mir unvorsichtig Weißwein, um ihn aber noch zu verwirren, bestand ich auf Pinot Grigio.

„Schon gut, Bekosch. Ich bin verrückt, ich verachte dich nicht mehr.", begann er.

„Wie bist du verrückt geworden?"

Die Kleine spielte ein Spiel, dass ich nicht so ganz verfolgen konnte, denn es war schnell, sehr schnell. Es hatte etwas Gefährliches. Robert war sehr klagend in seiner Stimme.

„Ach, ich weiß nicht. Erst war ich einfach deprimiert – völlig ohne Anlass. Die Kinder sind sechs und neun, gute Alter, denke ich, die Ehe läuft, beruflich bin ich gerade etwas nach oben hin und Routine gibt's auch noch keine. Keine schlechte, mein ich, du verstehst? Ich bin nicht einmal reich. Ich könnte dich stundenlang voll quatschen mit den Umständen, aber die Umstände sind es nicht.

Es ist ein Unglück, ein geistiger Unfall.

Ich werde nicht normal verrückt, wie jeder andere."

„Kannst du mal eben rausgehen?", sagte ich zu

dem Wirt und es machte ihm kein Problem, da wir die einzigen Kunden waren.

„Es sind Monstren, Bekosch, furchtbare Monster."

Robert kippte seinen Kopf schmerzvoll zurück und in seinem offenen Mund ließ er die Zähne zusammenfallen. Die Kleine behielt ich im Augenwinkel all die Zeit, aber, obwohl ich nicht anzweifelte, dass sie das ganze Geseibel mithören müsste, schien sie nicht eine Sekunde aus ihrem Spiel hinauszugehen. Sie spielte auch jetzt und drückte sich hinter den Onkel.

„Du musst …", sagte ich und die Kleine spielte an seiner blanken Kehle. Er gurgelte, und zuerst war ich konsterniert, weil es seiner tatsächlichen Bematschtheit entspringen konnte, dann war ich amüsiert, dass er mitspielte. Dann spritzte Blut aus seinem Hals und ein Stück öffnete sich, als würde ein dünner, lippenloser Mund sich dort auftun. Ich wollte mich ihm keinen einzigen Zentimeter nähern, aber ich glaube nicht, dass es wirklich was gebracht hätte. Wissen tat ich es nicht. Es war nicht an sich effektvoll und schon gar nicht schnell. Er gurgelte, spuckte und klang wie eine Ente. Das Blut spritzte nur kurz stark, dann war es ein langsames Ausbluten und er litt jede einzelne Sekunde. Wenn es so lange dauert, so stellt man sich selbst vor, findet man sich mit seinem Ende ab, aber ganz gleich davon, dass es nur das selbstgefällige aber sichere Denken von einigen aber nicht aller war, soll man das erstmal nachmachen. Robert Menne auf jeden Fall hatte Zeit sich vorwurfsvoll wenn auch keinesfalls mit kontrolliertem Gesicht zu seiner Nichte zu wenden, die einfach weiter spielte. Ich erkannte es nicht richtig, aber war es nicht ein beschissenes Teppichmesser bei ihr? Nein, da schien nichts zu sein. Oder sie kannte Taschenspielertricks. Ich konnte weder Robert, der nun zuckend auf dem Boden landete und sich selbst anpisste, genauso wie auch ich in diesem Moment, noch sie, die alsbald einfach zur Türe hinaus verschwand, aufhalten.

Als Robert Menne gänzlich erschlafft war, wusste ich, dass es kein Sinn mehr hatte. Niemand wäre gegen den Todeskampf gegen angekommen, nicht einmal wenn die Sehnsucht nicht schon vorher gänzlich aus Robert Mennes Blick gewichen gewesen wäre. Das letzte Licht vom Mond und die allmählich ins Verstummen geratenden Vogelgesänge waren sein Todeswagen; sein Wagen zu den Sternen, wie man hier, zugegeben leicht altertümlich, aber dennoch recht schön sagt.

Ich fragte mich ob das, was er zuletzt sah, so war als ob man aus dem Inneren des Sumpfes heraus Irrlichter aufisst.

Ich fragte mich auch, ob der Geruch eines toten Mannes wirklich so ähnlich sein kann, wie der des Sumpfes, in dem allerhand Scheiden aus dem Leben geschieht.

Ich torkelte nach draußen um nach dem Wirt zu sehen, aber ich fand nur seine Klamotten im Hof bei einer Laterne, die auch sehr altertümlich war; das Gesicht eines Sterns.

Und auf einmal erlitt ich ein Déjàvu beim Anblick der blumigen Matratze, die direkt vor mir und mitten auf dem Hof lag. Lust kroch über mich als ich sie sah. Ich kniete mich zu ihr und roch daran, suchte auf ihr, wobei ich die Spuren lange getrockneten Spermas entdeckte.

Langes, von vielfachem Grauen erfülltes Gelage im späten Frühlingserbeben. Irgendjemand hat Jovanke mitgebracht und gute Zeiten, die uns gar nicht zugehörig waren, in uns leben ließ. Ich war damals mit schwerem Schlag berührt von einem Wein, den ich nicht kannte und hatte ziemlich warme Anwandlungen davon bekommen; ich erinnere mich schwach an Gesichter, reich an Fleisch, denen, auf jeden Fall an diesem Abend, nichts schlimmer erschien als das Ungetüm, dessen Form ich in einer Verwandlung unter Alkohol, der einen immer in ehrliche Gehabe zurückrollen lassen soll, angenommen hatte: ein alternder, promisker Schwuler. Alternd bedeutete in diesem Fall, dass ich zu jung war, dass es als Altersnarrheit gelten wollte, aber der Jugend zu weit entwachsen, um es als juveniles Versuchsprojekt umzubeten.

Wie angesichts des Faktes, dass Menschen in Sümpfe geschoben werden, offenbar wird, ist unsere Stadt unter sehr viel Alter gelagert. Homosexuell zu sein, und vielleicht auch ein wenig promisk zu sein, gerade weil man damit selten einfach rausrücken kann, geschweige denn stillschweigend hoffen kann, einen Gleichgesinnten zu finden, reicht allerdings niemals aus, um versenkt zu werden. Ich erinnere mich dunkel, dass ich mich an Roswitha soll gerichtet haben, die es schon allzu lange wusste, dass sie mir behilflich ist.

Aber in ihr war kein Wort.

Ich nahm mir eine Bierflasche. Ich wusste nicht, was ich dem Toten sagen sollte. Ich war mir nicht sicher, was alles passiert war; irgendwann am Abend muss ich hinten gewesen sein und habe in der Luft gefickt; aus schlimmer, betrunkener Angst. Also sollte man mir das wegen etwas Obszönität angetan haben, dann weiß ich nicht. Natürlich geht nicht immer alles durch, was sonst durchgehen würde, schließlich kann ein Mensch die Beleidigung an seinem Wesen zu stark empfinden, aber es muss mehr als einer gewesen sein bei dem Brocken, der ich geworden bin in den letzten, wenigen Jahren.

Ich grinste durch die Nacht, trat Kronkorken vor mir herum, klaute einen Ziegelstein und ging ab und zu mit nackten Sohlen auf dem Stein. Felsen, die in Angst wimmerten, Behaglichkeit, die heranwehte, fehlender Witz, umnächtigte Aktionen. Und ich frage mich: warum bin ich nicht mehr so ganz jung? Warum bin ich immer bei allem dabei gewesen, aber nie wollte jemand meinen Namen haben? Ein verkappter Homosexueller zu sein, hatte nie was damit zu tun gehabt – natürlich würden sie dies nun zu gerne glauben, jetzt schon mal in meinen Grabstein schießen. Sie hätten mir ruhig, als offensichtlich für viele schon das Ende der Fahnenstange für mich erreicht war, einen Spitznamen geben können, ich habe darauf gewartet, doch nun kommt nur noch Zweifelhaftes und Klischées dabei heraus.

Unnötig zu sagen, dass der Barmann nicht koscher war; ich wettete, dass er die Kleine verhext hatte, aber gegen wen?

Das Wasser ist fair, dachte ich und legte mich ein paar Stunden in den Sumpf. Ich musste etwas nachdenken.

Moskitos mühten sich den Arsch ab um von Harz umschlossen zu werden, Mückenlarven röchelten, Hunde mit verknotetem Fell fraßen tote Wasservögel. Ihr Atem stank wie die Hölle, Irrlichter machen sich an der Grenze der Sicht davon, unten wird das Gras wild; der Mond zerbricht an der Nacht, das Holz grübelt. Nichts macht sich die Mühe mich aufzufressen, zu leben oder zu sterben. Nichts käme auf die Idee um sein Dasein zu beten oder auch nur artig zu bleiben. Für allen Besitz der Welt, würde sich nichts auch nur vom niederträchtigsten Würgen, Zerbrechen oder Aufspießen trennen. Nichts hebt sich gegen die eigene Folter des Daseins.

Ich verschlief ein wenig im Sumpf. Einfach nicht zu fassen, dass sie meine Bulldogge mit vergifteten Wurzeln gefüttert haben. Ich glaube sie hat mich denunziert, hat mich verraten auf irgendeine Weise. Die Wurzeln sind von meinem Gift so geworden, dass ich da unten produziert hatte.

Sekunden später stand ich möglicherweise bei Roswitha in der Tür; ihre Hand fiel nach unten, fast bis unter die Dielen hindurch.

Kurz danach stand ich in der Türschwelle zwischen Kneipe und Innenhof. Ich kotzte den ganzen Sumpf hinein und alles wird zur Vordertür rausgeschwemmt. Es kommt nur bis zum nächst besten Gully.

Sekunden später war ich wieder bei Roswitha. Mein schlappes Herz liegt im Vogelkäfig. „Wie hältst du das die ganze Zeit durch, Bekosch?". „Hey, was denkst du denn? Ich muss mir meinen Lebensanlass auch jeden Tag neu ausdenken".

An einem anderen Tag sagt sie: „Wie wäre es, wenn es ewig so weiterginge?"
Ich fragte mich ob das, was ich zuletzt sah, so war, als ob man aus dem Inneren des Sumpfes

heraus Irrlichter aufisst.

„Hmm", sagte ich.

Geht so.

17. Carcassa

Veröden von Fingern in Benzin
Er tritt in sich um grüne Mauern,
wo Geister in Attikas, Rigolen und
in blondem Anschauen, großen Kuppeln zählen

Sie streift alle Verschläge des Waldes,
in ihnen soll kühl ihr Schenkel faulen
Wolfshunde, die in Knochen Näbel lecken,
Lianen welken schimmelnd von Atem her

Wir sind nur Hasen in Benzin
Wir färben uns in rülpsenden Bächen

Sie rotzt mich hoch, dass ich ihr wie Süden bin
Die Fliegen schauen unter mein rottendes Tuch
In Träumen legen sie uns Organe an –
Ein Kind, das mit leuchtenden Segeln geht

Geschwollene Trompetenblumen wachsen uns
Tief und roh
So zerstreut nimmst du mich an dich

18. Miguel du Sancte

Aufreizende Öffnung der Haut, unbetrübt von der Geduld der Embleme. Die Zeichen auf dem Fleisch – die Blüte des Gestern – vorgegriffener, ritueller Angelegenheit.

Kinder erschrecken beim Spiel an den Wiesen; aus so mancher Blüte ist ein kleiner, roter Ball eines fast lebendigen Herzen gerollt, auch Pferdeköpfe, so unzerfallen, dass sie schlafend zwar aber am leben erscheinen, findet man nebst Osternelken in den Beeten liegen.

Am Stadttor lehnen Piken, die, würde man sie danach ersuchen, aus ihrer gesamten Lebzeit nichts erzählen könnten. Mit ihrem Haupt lehnen sie an der kühlenden Mauer und hängen den Gedanken nach; das Ende ihrer Schaftleiber ruht im Rosenbeet, das um ihren Fuß herum allerdings weit ausgedünnt ist. Je länger man hinsieht, desto einfacher wird ihre Gestalt. Die Rosen bleiben von schwarzen, ornamentierten Gittern eingeschlossen.

Die Dinge lehren die Höhenangst.

Kinder sitzen an den Überresten der Stadtmauern und bekehren den Staub. In den Nächten sitzen die Eltern an ihren Betten und beten, damit die Kinder nicht vom Efeu bedeckt werden; die Kinder lesen in den Händen der Eltern; an den müden Morgen fragen sie die Kinder aus und werden belogen. Jemand schlägt ans Fenster; die Stadt wird blau.

Die Straßen werden alt.

Heiterkeit greift um sich; die Straßen, sie sind alt.

Das Nachtmaar kann nicht auf ihnen gehen.

Ein Dieb klettert über die Piken auf das Gatter der Stadt.

Er wartet auf seinen Verfolger.

19. Fähe

Das Fleisch ungeborener Zeitalter hebt sich durch einen Rausch aus schimmelndem Glas. Vena sieht in einen Bauch aus intuitiven Abzeichen. Sie sieht das Hereinbrechen der monogamen Wellen.

Die Wachmänner tragen waldgrüne Kostüme. Sie rauchen ihre Revolverschalen; sie handeln mit Schwarzmarkt-Larven. Sie tarnen weiße Informationen. Vena kann ihre Gesichter nicht anblicken; im Vorbeigehen spürt sie Flaschenhalshände. Mädchen, in Picknicktücher gehüllt, gehen vorbei und bekommen allmählich die Augen von Mardern; die Gemäuer ringsumher leuchten und wehen.

Vater brennt Ziegel; gelegentlich kratzt er sich an der Wurzel. Die manisch brodelnden Kanäle gebären seinen Traum im Weben. Achatwund starrt der Himmel in seine Feuer und lehrt ihn die Sprache der felskörprigen, erotisierten Heiden. Mein Mund rührt sich wie eine winzige Kinderorgel. Die Museumsnacht naht; ich erblicke meinen Va-

ter, sich durch die Gärten fressend. Das Messer-
kreuz bildet ein Wappen. Mein Vater wird süchtig nach einem Glasball im Bauch; die Sucht
formt mehrerer Jahre Verwechslung, er verwech-
selt den Laut der Gesetze. Er erkennt die Melodie
uralter Gesetze; das Gesetz, sagt mein Vater, wird
bestimmt durch die Farbe.

Vena wischt mit einem Tuch über den auf- und
abwippenden Kurtisanendolch. Die Himmelsnei-
ge erklingt in einem verschwimmenden Wort;
Nekrophile taumeln über einen Wabenwein. Die
Chromatographen-Speiseröhre würgt kurz ihren
Hals.
Vena besitzt volle Wangen; sie brennen sich
leicht vom unteren Kiefer; spanisch wirkende
Männer passieren sie, opulenten Ohrenschmuck
schleppend unter ihrem duftlosen Haar. Die glä-
sernen Passagendächer brechen unter der Vogel-
scheiße, die sie tragen müssen, zusammen; die
Vögel klammern sich um Lindenblatt. Durch Le-
genden entmachtet.

Der Satin an ihrem Leib stammelt satanische Ver-
se; auf ihrem Körper sucht sie nach dem Apostel
der Schweigsamkeit, der mit harzigen Noppen
sich in einer regnerischen Nacht – sie: Gin trin-

kend – an ihr festsaugte; 23:12. Alexandretta: bis zum Zungenbein Loyalität. In ihr war das weiche Kartell; vor dem Spiegel posierend verbarg sie mit ihrer schön durchäderten Hand ihren Pelz.

Ich berührte die Augen meines Vaters mit sich ausstreckendem Finger.

Vater See mit deinen filetierenden Fingerspitzen und sich unter die Seewerke schiebenden Gras; ich bürge für alle Lügen, die deinem Zuruf entströmen. Mein süchtiger Vater ohne Duft. Die süchtige, enthäutete Mutter: Flügel und Hände schließend…

Museumsnacht: Rauchmuster verzeichnen sich tief in den Stirnen. Ausgerissene Zungen, Moral der alten Theater, Sünden in weichen, haarlosen Bäuchen, brennende Augenbinden, Nacht, die alle Tiefe in sich selbst nimmt.

20. Labrador

In der Gasse hing eine lose Schwere; sie wirkte so leicht, dass sie ganz einfach zu lösen schien und sich im Schlepptau desjenigen, der sie erst ihn zu erdrücken glaubte, zur Bewaffnung wird, die Verheerung über die kugelgleichen Existenzen bringt, die durch die abschüssigen Gassen und Conchas sich dahinbewegen.

Die *Smaragd-Nonne* zieht den bestialischen Ärmel ihres Gewandes den Unterarm hinab. Sie rechnet sich bis 18 Uhr vor. Der Besen ist kalt. Wind borgt sich. Verheimlicht sich selbst. In der Sonne sieht sie einen komplizierten Mord, den sie auch eines Tages, als schwerer Regen, der Wolken auf die Erde im Dunkel warf, beobachtet hatte. Zwei kindergroße Schatten bekriegen sich indem sie sich mit schwarzen Fortsätzen, die sich an ihren lediglich schemenhaften Armen befanden angriffen, dem sie allerdings mithilfe ihrer leicht veränderbaren, amorphen Leiber entgingen. Nun kommt das zurück, denkt sie.

Alles ist auf einen entsetzlichen Bogen gebunden. Die Zeit wird zwischen zwei Punkten ausgetauscht.

Sie legt sich auf das Dach des Stadt-Busses, den Besen hält sie über ihrem Bauch. Der Bauch ist aus witziger Kohle. Sie duckt sich mit den flachen Häusern, macht sich lang mit den großen Bauten.

Die ganze Stadt ist voll und ganz ins Rollen geraten. Der Zweifel ist nun gewiss derjenige, der erhaben ist. Schweigen bricht aus allen Maßlängen hervor.

Argent kniet in einem Supermarkt mit einem trockenen Reh auf dem Schoß und streichelt dessen nackte Pupillen, die sich hinter abgetrennten Lidern zurückzuziehen versuchen.

Ich richtete mich auf meiner Liege auf.

Ich redete nicht mit Tristan, ich dachte nach. Ich legte meinen Gedanken neben Tristan ab, aber ich bewegte mich nicht.

„Ich weiß, es ist fürchterlich, aber sie hatte dem jungen Mann einen direkt ins Gesicht fahren lassen; er hatte Wasser im Auge. Der Busfahrer entließ die Gruppe auf eine Insel weißen Asphalts in einem fäserigen, feuchten Dunst. Sie reißen sich von ihren Formen los und stürmen auf die Raststätte zu. Dohlen mit kahlen Flecken wachten aufmerksam die Rinne entlang; sie sahen aus wie verkrüppelte Zwerge, die mit Handtüchern umher rannten. Manche Dohlen hatten Lippen, keine Schnäbel.

Und sie, sie stinkt ihn aus ihrem ältlichen, feuchten Schritt an, der sich unter der Jeans deutlich zeigte. Sie hatte Streifen am Mund. Und ich musste vor dem inneren Auge sehen, weil sie es erwähnte, wie sie ihr, mit vollkommen wolligem, gelocktem blonden Haar umwachsenes Loch vorzeigt. Die gesamte Gruppe sah ihr beim Pinkeln zu. Nichts mit frischer Haut; das sphärische Kreuz beeindruckte den Jugendlichen aus reinem, braunen Muttermal, darüber brackige Lider.

Er legt sich Zahnstocher in die Hand, dann presst er sie.

Der Fahrer brät im Ruheraum Würste; er singt leise ein Lied, das es nur wegen ihm gab; wenn er saß massierte er heimlich sein Glied mit dem Unterarm. Im Lied behauptet er, er bestünde aus Schrott. Die Männer, die als erstes wieder hineingingen, schleppten Bierkisten und hier und da ein Eis.

Da habe ich gedacht: das wird kein Kultururlaub."

Alle Dinge sind hier schlimm.

Sie halten sich faustgroße Gespielinnen davor, wisst schon. Im Tempel aber haben sie Lippen, Zähne. Die Sonne scheint zwar direkt auf die Tiere herab zu scheißen, aber sie haben Lippen, Zähne.

Als ob mich *das* wundern würde...

Ich habe mit dem Hinterletztem gerechnet.

Kann nur nicht sagen, dass ich sonderlich stolz wäre auf meine Zuversicht...

21. Knock

Der Drachen grub sich in die Erde. Mir war, als käme er unter mir wieder hervor oder er grübe sich direkt aus meinem Bauch.

Dieser Himmel war auch nur eine widerwärtige Lüge; ein Trugbild hinter meinen schwarzen, verklumpten Lippen. Ich könnte ihn nicht beschreiben, nicht einmal wenn mein eigenes Leben davon abhinge.

Der Bus, schläfrig, wie er mich Heim bringen wollte, war mit Stofftieren und Ironie-unbegabten Amöben voll gestopft. Salz tropfte aus allen Nasen. Ich legte mich in einem grünen Tuch schlafen.

Der Wind über uns brach in meine Augen. In meinen Gedanken fiel ich vom Turm einer Castella und schlage auf dem Asphalt der Promenade auf; etwas Heimtückisches kroch in meine Seele, vielleicht ausgetrocknete Leidenschaft oder ein anderes, kondensiertes Gefühl.

Schafft mich in die Stille; zusammengerollt zu einem kleinen, durchscheinenden Ball. Die Erde frisst Briketts um ihre Hitze zu erhalten. Wir fahren durch einen See aus Bienen; schieben unsere finsteren Gedanken ein Glied zurück entlang der kalten Karawane; eine in Scheiben geschnittene, wirre Schlange aus Schreckensgestalten, kurzum: durchschnittliche Menschen, von dieser schier schwarzmagischen Bösartigkeit erfüllt.

Der letzte Ort an der Küste verbrennt zu einer winzigen, strahlenden Perle, die den Boden erhitzt bis sie ein verstimmter Passant in den durstigen Manteltaschen davon trägt.

Alle lassen sich auf den Rücken fallen – zu schwierig ist es, einen Eigenwillen überhaupt in einen einzelnen von ihnen auszumalen um überhaupt anzufangen von „früher oder später" zu sprechen.

Auf einem kleinen Bildschirm sah ich einen Professor mit einer lächerlich regenbogenfarbenen Krawatte; sein Auge war sanft und so kalt wie der friesische Regen; ihm war anzusehen, dass er mit Hilfe eines Satelliten arbeitete, den er ansaugte.

Ferngesteuerte Libellen, wirre Drachen gleiten virulent durch die Höhen und verderben die Sonne. Sie fahren in der Gelassenheit, wie sie den Drohnen gehört, und verletzen uns die Augen. Das Leben ist geringfügig schlechter geworden, der Atem ist ein flaches Rühren. Die Passanten auf offener Straße machen Schleichbewegungen und ihr Mund ist nur eine verarmte Stätte des Alterns.

Die Lettern ihrer Worte wiegen mich bis hinter den Rand des Wassers.

Sie rächen sich an zerklüftetem Wolkengelände; die Himmelskörper reißen sich auf und die Landschaft ist eingerissen. Sich Zeit nehmen um den speziellen Humor, der zwischen getrockneten Häusern hervorquirlt, zu ergründen – es kostet nicht viel mehr Leben, nur sondergleichen an Geduld. Jeglicher Likör versinkt im Tageslicht, ungeduldig im starren, nicht zu zerbrechenden Widerhall der Treibenden.

Ich erstarre immer noch vor dem Alter der Gesichter, erinnere mich an erwürgte Wiederkehr.

Der Bus neigt sich an eine verwitterte Wehr, der Fahrer streckt sich über mich, stopft mich mit Geruch. Er erinnert sich nicht an mein Dasein; nur aus Neugier zerschlägt er mit dem Nothammer die Scheiben.

22. Laubaugen

Verweigerung ist es, oder gar ein zerstreutes Hinüberschauen. Die dunklen Auroren schneiden sich die Häupter von ihren Hälsen; in uns wirkt die Asche des Lebens. Der Sarkophag unseres Leibes wird verschlossen.

Er kniet sich auf den hellen Bereich und tippt neben einer Quadersäule auf einen Pflasterstein. Die Läden steigen einen halben Meter hinauf; dieser halbe Meter besteht aus Tempelstein. Am „weichen Platz" setzt ein roter Mann in verschlissenem Leder auf einen vorbereiteten Kirschholzstuhl. Er lehnt den Ellbogen auf seinen Schenkel; er will sich beherrschen, doch er kann es nicht. Er singt ein verwirrendes Lied.

Weicher Brunnen,

weiche Stirnen. Sie sparen, sie verschwenden.

Die Willenskraft läuft knochenweiß an. Wir sind ausgewaschene Männer, unsere Augenhöhlen: Weißgold. Fluchende Kellnerinnen verlieben sich. Ich sehe ihre Männer vor mir: gebären Madagaskar-Steine, groß genug für Schlangen.

Einst sah ich einen weinenden Verkäufer; er stand

im Schatten des Ladens. Er wusste nicht was Unglück ist; neben den Weiden stand er in singenden Farben, in einem Nebel aus Licht. Argonauten wurden in die Weiden gehen erkannt; Hoffnung erschien ihr Sieg; in ihrer Größe war Intellekt verborgen.

Wir benötigen immer weniger Licht:
Jetzt schreien die, die erkältet sind in einer Leere von Tragödie wie der Fähigkeit zur Häresie; sie können nicht sündigen.
Ach, wie stattlich die Schwimmbäder waren…
Seitliche Gärten
Die Stube am Stadtbrunnen
Die Küche: Plaza:
Instinkte:
Schreiender Pelz:
Archimedes-Wind:
Bahnübergang:
Bau:
Rechtfertiges: schwimmendes Café
Betätigte Winde.
Schwarzglück:
Tote Feigen: Nachtwehen
Plaza: Abend: stich
Stadtbrunnen: schreien
Abend: Pelz

Sommerabend:
Rotgesicht.
Schatten: Guave
Instinkte: Schwarzer Tod
Bau: Winde
Tote Feigen: Nachtwehen: Küche: Plaza:
Schreien: Abend, Pelz

Abend, Pelz

Abend,
Stich

23. Das Mottengrab

Das Mottengrab ist ein betrüblicher Ort; es besitzt eine Sandnarbe, es pflückt winzige Blüten. Wo werden wir dieser Tage hingegangen sein? Erst halbieren wir das Haus zwischen dem Roggen, denn wir sind Bauarbeiter und gehalten es zu zerlegen, für unsere prismatische Arbeit gut bezahlt; wir verzehren mondäne, faustgroße Trauben und stinken nach verbrannter Vanille wie auf ewig. In unseren schwarzen Sommergläsern stehen die Cäsaren-Kerzen zu der Zeit, in der wir das Haus zwischen dem Roggen vierteln. Wenn man auf den Baugrund hinsieht, schluchzt man in Eintracht mit den feierlichen Zügen und dem würgendem Wind, man weiß: auch diese Sinnlichkeit des Vergessens wird ein babylonisches Lusthaar auf dem freien, babylonischem Land. Manchmal schlägt der Aufseher uns allesamt mit einer Rührung seines parfümierten Knies, denn er weiß, dass einer von uns Stadtmaterie in den Taschen hat und den schönen Gastgeber aushöhlt. Man sieht uns das Haus zwischen dem Roggen achteln und träumt von der Grandiosität unserer Anzüge und staunt, dass unsere Haare, je härter wir arbeiten, weicher werden bis zu vereinzelten, fliegenden Strähnen. Der Aufseher trägt einen Mantel aus Wimpern, heißt es, und in seiner Brust, die über den grauen Brokat geht, sieht man sein gläsernes Herz unsinnlich in der Frühe und unsinnlich im Abend evolvierend. Er ist verrückt. Während einige das Haus zwischen dem Roggen sechszehnteln werden die anderen mit Prominenten in die Theater geschickt.

Am Abend befragen wir sie durch die Brathühner im Gesicht und sie sagen, es desynchronisiert sich. Allmählich. Der Drehbuchautor, der Regisseur, die Schauspieler und das Publikum waren während der gesamten Vorstellung gefesselt. Wir zweiunddreißigsteln das Haus zwischen dem Roggen und der Brokat wird hell. Der Aufseher schickt uns mit einer verhärteten, erregierten Miene in die Badehäuser und lässt uns durch Berühmtheiten rasieren und maniküren. In den Nägeln, im Stahl und in den Gewässern unserer Arbeit; er ist in allen zu entdecken. Er ist verrückt. Er hat eine Frau und auch die ist verrückt. Er überlässt es uns das Haus zwischen dem Roggen zu vierundsechzigsteln und singt ein heilendes Lied; er will, dass wir ewig so gut leben.

Was läuft, ist schöner als das, was steht und nach

oben hin werden unsere Träume kühl. Wir hundertachtundzwanzigsteln das Haus zwischen dem Roggen als der Aufseher seinen Mantel aufhängt damit dieser scheißt. Kolibridreck schmückt diese Erde und lässt sie einen grünen Bikini über ihre blassen, auffällig durchäderten, runden Brüste mit anschaulichen Höfen ziehen. Wir denken, jetzt kommt seine Frau und auch die ist verrückt. Ihre Brüste härten unsere Münder und Hände aus. Mit den Milchfäden sind unsere Goldmünder Kapellen. Der Brokat wird weiß und blau, wir aber zweihundertsechsundfünfzigsteln das Haus zwischen den Roggen, während die hellblaue Brust der Aufseherin weiter singt.

Und sie ist verrückt und ihr Schoß ist rot. Unsere Augenbrauen werden mit Zimt gefärbt und Antilopen kauen unsere Haare. Wir fünfhundertzwölfteln das Haus zwischen dem Roggen. Wir legen einen Rock auf das Gesicht der Aufseherin, wie wir ohnehin fast nur noch liegen. Zwischen ihrem Schoß und dem Roggen zuckt ein Ufer das osmotischen Einfluss auf unsere betrübliche Träume hat. Wir legen mehrere Männer hinein und teilen das Grab zwischen dem Roggen. Das Mottenhaus schweigt, schließt Tage.

24. Alberts Casino

Die Straße leuchtet wie die Schuppen eines Fisches und löschte mich in ihr aus. Die Luft ist trocken und so zäh wie Brei. Ein kleiner Bacchus trommelt seinen Bauch flach. Der Hof rollt. An fleckigen Bambussprossen bohrt sich das Gitte in den karg gewordenen, nackten Boden. Ein Nest aus Schlangen aus Brot kriecht daneben durch den Honig. Ein Halbwüchsiger fummelt an den Zähnen. Essig spritzt in mein letztes Festmahl, der Beginn von vielen. Aus saugenden Rosetten in schwarzen Wänden schwirren heisere Gesuche der Vögel. Eine Amsel schreit aus dem Hof entgegen und sendet ihre Augen zum Schwimmen ins Öl. Ein Nagel weicht in kochenden Kaffee auf. Ein Strohhalm dreht sich.

Ich rief ihm hoch, gleich komme ich. Ich komm hoch. Ich bleibe hinter meinen Schritten stehen und sehe mir nach. Ich drehe mich unten um und gehe in „Alberts Casino" um einen Kaffee zu bestellen. Nimmt er die Bestellung an? Er sagt: „ich werde dafür sorgen, dass sie dich verhaften". Ich warte seit vielen Jahren.

25. Armenbegräbnis

Für dich hab ich in meinen Händen Laub
Für dich hab ich Hasen

Ich tanze jemanden tot
Ich singe jemanden weh

Der Wald hat schwarze Hände.
Ich bin der schlimmere Frühling.

Unser Bettzeug spannt auf freien Augen
Mehr ist nicht drin

26. Satanische Prozession

Kas krümmt sich über einen Bauch aus Erde. Sajin klemmt sich unter ihr Bein. Alle strecken sich in eine reiche und feuchte Luft. Ihre Locken, opalschwarz, klingeln wie Schlüssel. Sie zeigt mit ihrem Finger auf die rote Wasserpumpe in ihr. Die Milchdrüsen sind geformt wie Sterne. Kas versinkt mit seinen Wangen in Pflanzenkübeln. Alles sagen: „geh mit".

Er ertrinkt im gestrickten Quarz. Sajin tanzt unter einer Leuchtdiode. Sie balanciert ihren Busen auf der Kuppe eines kaum zu sehenden Bauches. Kas hängt ein grobes Seil zwischen ihre flachen Wangen. Sie bekritzeln ihre Stümpfe mit Kohle. Sie deutet auf „Jedes Herz ist ein Begriff". Er sagt sie auf. Sie weckt die Kinder in dem sie eine Schachtel schüttelt. Kas blickt in feuchtes Mehl. Sie nimmt an, die Wolken könnten verkrumpelt sein. Sie hängen ein Band mit leuchtenden, leeren Kokons auf.

Alle Ereignisse sind erschöpft. Jeder kann des Weges kommen. Augen nicht öffnen um die alten Geschichten am Nil oder im Wadi zu erleben. Man muss dann schließlich die Hand über die falschen Blumen halten. Ob falsch aufgrund oder Nicht-Natur oder Falsch des Anlasses wegen, sie welken nie; sie sind unsere Farben.

27. Bruchfrühen

Der Holzschacht erstickt und verschwindet in einem blauen Ring aus Eisluft. Die Zementgasse neigt sich hinter eine reife Schlinge. Die Zigarette verglüht in der Sonne.

In der Luft war der Geruch von Rauch, aber nicht durch die Nikotinwolken, vielmehr durch offen gelegte Erde, Bohren und unterirdische Detonationen, derlei allerdings bis auf eine Distanz von 3 Kilometern hinaus nichts zu finden gewesen wäre.

Kinder schwiegen sich in das historische Gras hinein, während blecherne Wolken ihnen die geträumte Haut abzog und sie über weiße, unkenntliche Bäche warf, die so schienen, wie leer gebliebene Stellen auf der Leinwand. Wie ein Riss in allen Blicken. Eine Katze aus Créme brüllt gegen den Sand, während ein Schatten über ihren Rücken kriecht. Ein Phantom, das am Licht saugt wie Kunststoff, heftet sich mit statischer Elektrizität an die Flügel ihres Brustkorbes.

Die Zigarette durchbohrt einen Grashalm.

Sie schließen gleich; gleich bauen sie ihre Häuser ab. Gleich rollen sie die Straßen ein. Ihre Gelenke falzen das Wasser das in der Luft ist.

Eine Sprungfeder aus Basen schnalzt; in der Motorhaube wächst dicht Mondgras. Dinge, die man nicht erkennen kann, reißen den Mund auf. Kälte kriecht an dich heran und sagt dir alle ihre Gebete auf, bis Schmerz deine Seele gleichermaßen wie den Kopf beschwert. Reise ab. Lege dich in eine Naht. Lege dich in eine Naht, wo dir irdene Götter an die Wangen reichen.

Lege dich hin.

Ein alter Buckel schiebt sich in eine Wiese und die Erde bricht. Die zum Erdboden geworfenen Zigaretten kommen als Schlangen und Gitarrenhälse zurück gesprungen. Sie fallen dir um den künstlichen Hals.

Schreie von denen, die auf eine Mühle gebunden wurden; das Mühlenrad fällt unter den Fluss zurück, rostet im Bach.

Ein dahergelaufener Alter angelt den Sternenfisch; er lässt ihn in den Himmel aufsteigen wie einen Ballon und weidet ihn aus im Flug. Über dem Schacht liegt eine Metallwurzel. Alle Maschinen sind weich wie Eiscreme.

Eine hübsche junge Mutter, deren überwundene Schwangerschaft, diese Invasion, ihr neue Vorzüge verliehen hat, die, denen die darum erbitten, es erleichtert, über die roten Flecken auf ihrer Haut hinweg zu blicken, drückt mit Nadeln schmale Löcher in Mohrrüben, Artischocken, Gurken und bringt die Nadeln, mit dem spitzen Enden nach Außen hin, darin unter. Verzweiflung streift ihr Gesicht.

Ein Kind streut psychedelische Drogen in einem Kanal um sich an giftigen Amphibien zu rächen; müde Mörder rollen die Verwachsungen der Erde hinab und sonnen sich in der Müdigkeit, die sie überkommt.

Die Fuchsbauten geben Wunder frei, die von ihren Zeugen augenblicklich vergessen werden. Weil sie am Haupt ein Brennen verspüren, weil ihre Lunge sich zusammendrückt, weil die Injektionsspuren in ihren Armbeugen verblassen –
Geschirr aus Ebnung zieht über die Jahre hinweg, Probe eines Verlorenen versickert in der Marode; die Jugend gibt nach.

Heimgebracht über die Geysire, die Schulstunden.

Sie schließen noch. Noch bauen sie ihre Häuser ab. Die Wange knirscht wie Sand. Ich gehe vorbei und kann dein Gesicht nicht mehr sehen.

28. Gesetzliche Milch

Gladiatoren der Willenskraft; prähistorische Raf-
faeliten. Ihre, vom Fieber durchwobenen, Hände
durchdringen zärtlich die blumenreiche Mechanik
eines Priesters; uranfarbener Staub gerbt ihre
Mäntel in den Nächten in denen sie ihre Lippen
und Finger auf die Lefzen der Hunde legen bis
der Schlaf aus ihren Augen schwindet.

Ich ging einen Monat weit in das Land und berei-
cherte mich an alten Partisaninnen, die ihre brennenden Warzen auf das keuchende Jugendbrot
heben, das ihre, mit Jade veredelten Hälse bene-
belt. Bewundernswerte Männer, die ihre eigenen
Gesänge wiedergaben, zurückgedrängt in eine
Enklave aus vereisten Schamhaaren und militan-
ten Prothesen vergesslich gewordener Janitscha-
ren.
Groteske Knechte mit ziegelnen Panzern und
Hellebarden verhandelten bis in die Nacht mit
verschüchterten Sirenen über den Preis Wunden
waschenden Salzes. Die dicksten Sirenen reißen,
an die Häuserwände fallend, sich an den Haaren.
Seerosen in die Ruderboote streuend beten die

jungen Männer für eine feuchte, durch den Amazonas umklammerte Nacht; würdevoll haben sie ihren Feierabend durch das Malen kupferner Münzen erkauft und in den hierarchischen Umrissen ersehnen sie sich durch die wunden Lippen großer Frauen die ersten Ergüsse.

Der Speichel windet sich mächtiger durch die Stadt als die Ufermelodien des großen, ängstlichen Flusses.

Tiefer vordringend legen die Schatten und Geselligkeit umgehenden Menschen, ihre westlichen Kleider in feuchte Kokons auf die sie versprengte Tupfer eines statischen Balsams auftragen. Ihr Leben lang erlernen sie Glücksspiele. Ihre Lehmhäuser sind mit erotischen Glyphen bestückt, die Lügen über imaginäre Zivilisationen verbreiten; es ist an mancher Stelle vorwiegend die Rede vom menstruierendem Tier; es wird bekräftigt durch irritierte Kinder, die Mobiltelefon über ihre Wangen streicheln. Verkrüppelte Jagdtiere führen ihre Halter in die Sümpfe, in denen zerbrochene Sterne sich gegenseitig anbeten.

An der tiefsten Stelle des Landes sind in einem grünen Mausoleum alte Schmetterlinge mit hohen Nadeln auf Familienbilder niedriger Beamter gespießt und bewegen ihre wiedergebenden Flügel. In einem zugemauerten Verschlag horten die Fotografien reicher Beamte auf unsauberen Stapeln; durch ein Gift des ewigen Verweilens erregen sich die, durch schwere Plagen verringerte Autorisierten an Kämpfen in den Windungen epileptischer Anfälle.

Tiefer ließ sich nicht in das Land vordringen.

29. Mönch

Er hat eine Flamme auf dem Bauch. Zu riskieren, dass sie hinunter gleitet oder gar sich in die Luft über ihn erhebe und sich darin auflöse, traut er sich nicht. Es war Versprechen im Augenblick seines Anblicks. Auf einem schmalen Hocker neben seiner Liege, auf den Figuren umtriebiger, lesbischer Bonobo-Affen saßen (in patriarchischem Purpur…) lag ein Script. Er lehnte es auf die Wölbung, dem Abhang seines Bauches und ließ es von der Bauchflamme illuminieren.

Mann mit zersaustem Haar und in einem Aufbau größtmöglicher Unordnung sieht an einen Vorhang vorbei auf einen Kasernenplatz; der Platz ist ruiniert, aber aus dem Wind drehen sich Stimmen heraus. Er trinkt andächtig an seinem Kaffee; das Bild gibt ihn nicht auf. Als er sich schließlich abwendet erklingt ein einziger Takt des, den späteren Verlauf des Filmes beschreibenden, Themas.

Die Stärke des einfallenden Lichtes ist an den exzentrischen Charakter seiner Bewegungen gekoppelt. Es erlischt, wenn er sich weit vorbeugt.

Er drehte seinen Kopf in einer Warze aus Stoff; der Anblick des Bodens weckte in ihm Sehnsucht und schmerzliche Begierde, die, viel zu eilig um sie zu erfassen, sich zu einer Neugierde annährend kindlichen Ausmaßen modelliert fand. Jetzt alles wollen, dachte er, in wie vielen aller Augenblicke, wenn es nur für einen Moment zu reagieren erlaubt, würde man unmittelbar einwilligen. Der Boden war vollkommen bedeckt von getrocknetem Rotwein; nicht unmöglich, dass auch weißer Wein darin getrocknet sei.

Er berührt die Flamme und zieht sie auf seinen Schädel hinauf. Die Decke sei gleich. Er lehnt den Kopf prüfend zurück; der Achsenpunkt der Flamme verlagert sich, als treibe er in einem Gel. Ihm wird bewusst, dass seine Liege aus Holz ist; er erschrak, doch, erinnert er sich, als er die Verworrenheit und Zwanghaftigkeit bemerkte, mit der ihr Stützen gegeben waren – sämtliche Holzobjekte schienen sich im Irrwald unter der Massivplatte verfangen zu haben; Bambusregenschirme, Hocker, Tische, Schranktüren, Prothesen, alte Uhrengehäuse, Atelierköfferchen, Pinselstiele, hölzerne Köpfe, etc.; angesichts dessen fasst er einen kaiserlichen, nein, äffischen Entschluss keine Aufzählungen mehr gelten zu lassen; alle Köpfe, alle (Un)Arten des Kopfes sind aus Holz gemacht. Er faltet die Hände nicht zum Gebet, denn sie sind zu prall um dies zu tun. Ein weiteres Verbot, dass er sich auferlegte. Sein (Miss)Erfolg erhebt ihn.

Mit einem schweren Ruck erhebt er sich; seine Beine reichen nicht auf den Boden hinab. Er reibt seinen runden Bauch bis er fort ist. Er springt hinab; als er unten ist, überzeugt es ihn zu sprinten; die Sohlen brennen auf den kalten, glatten Weinspritzern. Er lächelt als erläge er einem Scherz, den er sich selber tat, bald aber stürzt er und mehrfach überschlägt sich sein Körper über die blutfarbene Bahn im offenen Dunkel, gleich einem Garten in tiefster, morpheus'scher Nacht. Die Flamme verschiebt sich auf seinen Hals. Er erklimmt ächzend, aber weiterhin prustend, die Liege an der er seine Knochen zu einem großen Teil zerschellten und die seinen Flug bannte. Er schwingt sich an seinem langen Arm hinauf und legt sich hin, mit einem Kopf gleich einer alten Glocke hängend, hinab, dass sie wieder auf sein Haupt sich dehnt.

Er tut es mit größter Erwartung eines unausgleichbaren Verlustes; diese Liege ähnelt der Anderen in keiner Hinsicht.

30. Die hypnagogischen Bilder

Er rasierte sich die Koteletten. Keine verschwimmende Figuren; die Luft war frei. Er sah seine Arme entlang; die Haare waren hell und wirkten so wie ein zarter Flaum. Parfümierte Haut, womöglich von langen Jahren, bestimmten Jahren. Ein Fisch aus Zeit nur. Das Wasser des Sommers schmerzt im Gesicht; es fischt undurchsichtige begrabende Dinge; schwemmt die Gefilde der Jugend auf.

Jemand hat ihn angesehen unter einer blendenden Sonne. Was er sah, grub er auf. Noch nie so wenig Mühe in einem einzigem Blick gesehen; die Pupille war nicht einen Hauch getrübt; das Auge wirkte klarer durch seine Schicht. Er fiel, als er derart angeblickt wurde. Der junge Mann mit den Koteletten hatte das Gefühl, dass etwas Schlimmes an ihm gewesen wäre, doch er wusste nicht was.

Es besann sich auf die anderen Gestalten, die ihm entgegen kamen; Frauen mit goldenen Nägeln in italienischen Kostümen, die sehr ausgebrannt waren im Blick, junge Studenten mit, aus reinem

Leichtmut gebrochenen Knien, die umständlich um Kommilitonen warben, langweiligen Kindern, fliegende sowie schreiende Puppen aus Haferblatt. Propheten stopften sich den verkündenden Mund, schwimmende Hunde, singendes Glas mit Zähnen, erregte Paguren, Bäume, die in Stücke brachen, Köpfe, die nur singen können, deren Leiber in anderen Welten tauchten.

Zerschnitt sich sein Gesicht. Er berührte die Stelle. Nach der Klinge war das Gesicht makellos.
Er fummelte im Schränkchen nach einer Zigarillo-Dose und Streichhölzern; er berührte den Lichtschalter und entfachte die Feuer. Durch das Milchglasfenster fiel das späte Licht des Sommers und dessen Phantasmagorie, das Trugbild des Überlebens. Sein Körper erkannte das brennende Blatt nicht, daher belebte es ihn; das Herz war so laut, dass er sich nicht zu rühren traute. Er schwieg; wagte nicht zu seinem Spiegelbild zu sprechen. Komplizierte Figuren im Schädel, sich stetig verzerrende Monstren, zu eilig, um nur auch eine von ihnen zu fassen zu kriegen. Man weiß, sie kommen wenn immer man im Dunkel die Augen schließt. Man wagt nicht mehr zu träumen.

Er fasst sich an den Bauch; über den Nabel; ist ein erotisches Ding, umspielt genauso die Geburt. Hat trotzdem weniger vegetarische Namen. Er hat einmal das Haar einer alten Frau voller Frucht gesehen, das war entsetzlich für ihn gewesen, damals. Die Hand liegt an seinem Bauch als würde sie ruhen.

Ein Versprechen aus Gras.

Tragen der europäischen Goldblume.

Mach keine Versprechen, die du nicht halten kannst, sagen sie; es ist aber auch gefährlich ein Versprechen zu geben, das allzu leicht zu halten ist. Wenn es Selbstvergeltung ist.

31. Chronik

Sein Bauch bedrückte ihn. Er sah kurz hinaus und
bemühte sich im Blick ein paar Meter die Straße
entlang zu gelangen. Er sah an den Garagenwän-
den, dass der Donnerstag verschimmelt war. Sein
Hals war vom scharfem Schmerz umgabelt.
Der Regen fiel immer noch.

Der Vermieter arbeitete dennoch draußen im Hof,
den Kopf voller Kronen der Bäume, was leeren
Zorn in ihm gurren ließ. Schwarzmontag gurgelt,
springt auf seifige Fährten. Papier schmiert sich
über seinen Mund; gerissene, schwarze Recht-
ecke schieben sich über seine Fettwimpern und
verirren sich in Endlosigkeit. Farbige Kugeln fallen durch das Blut hindurch und verfälschen die
Segen, Flügel feilschen durch den verbrannten,
staubigen Klee.

Er kann sich nicht vorstellen gehen; der Regen
macht keinen Halt vor seinem Haar. Er sähe aus
wie ein angeschwemmter Hund mit ausgelaufe-
nem Bauch. Die Gier kommt von der Brandung –
sie war vorher nicht im Tier.

Die Häuser bestehen nur aus Apokryphen, versucht er zu denken, es gibt nichts Freies hinter den einzelnen Chiffren. Er kocht braunes Moos in einem Stahltopf zusammen. Die Kartoffeln ächzen. Sie haben Laster; sie spielen. Alte Gitarren bohren sich mit ihrem Haupt in die Wände.

Er telefoniert; durch die kleine Narbe des Hörers sucht er seinen Sohn. Er weiß nicht ob es richtig ist, die Polizei zu seiner Suche zu bewegen – sie würden gerne sein Knochenmark aussagen, meinten sie geheimnisvoll, nicht allzu lang bevor er mit einem Teller, auf dem noch Essensreste hafteten, versuchte durch die Wälder zu gehen.

Seine Tochter hat sich schwarze Kleidung gekauft und wenn die Katze abends durch das Küchenfenster nach draußen zu blicken sucht, drückt sie ihren Kopf von der Straße weg. „Der Kopf fällt noch auf den Bürgersteig.", sagt sie, wenige Minuten bis zum Anbeginn einer der vielen Nächte in der sie bis zum Morgen unentwegt Tee kocht und schluckt.

Eine Schuppenflechte bedeckt seine Stirn; der Nabel ist wie ein Loch in der Haut. Sein Schwanz ist schlaff und trocken; gelegentlich windet er eine silberne Spirale darum. Es reißt die Haut auf und zerschneidet die lächerlichen Adern. Er sondert Tropfen feigen Spermas ab; der Abgrund weht um seinen feuchten Arsch.

Die Insekten sieht man durch den diesigen Nebel an den Bäumen sich festhaken. Nörgelndes Laub. Der Sohn, denkt er, wichst bestimmt in einen Busch am Wegesrand. Pilzsuppe. Der Efeu ist wie ein Klavier. Zum Regen ist er wie ein Klavier. Das undankbare Wetter – zu dem ist der fleißige, womöglich auch nur besessene Vermieter wie eine Sonne. Wo die Athletinnen im Fernseher ihre Schweißflecke tragen, da kommt man überall nicht mehr hin.
Kalter Durchfall kriecht ihm vom Hals bis ganz unten, bis an die tiefste Stelle an der er auf den Boden, auf die Holzleisten aufgesteckt ist, hinab.

Die Schlüssel stecken unter dem Papierkorb. In kleine Partikel zerfallenes Papier von Taschentüchern klebt am Ärmel des Mantels.
Das Dach des Nachbarn ist eine Steinformation; das Holz muss lange reichen.

32. Lysander

Die Mühlen sind trocken. Der Großvater legt sich lang über den schwarzen Tisch vor Glanz. Er hält noch die Haarspange meiner Mutter im schweren Gebiss.
Die Stube schließt sich gleich einem groben Sack dessen Kranz zerrieben ist.

Das Fagott stolpert über den Abend mit einem Ring aus Gin, Zitronenaugen daran;
Die Rehe stehen am Bach auf Augenhöhe, nur liegen sie verkehrt herum in der Luft und reiben ihre Blechzungen auf Stirnhöhe bis das letzte Geheul zerbricht. Kopulierende Katzen stehlen sich laut die Augen.

Im Mond ist nur Licht, kein Schein. Die Gerten zittern auf indische Art. Ceylon-Tee steht in einem purpur-rotem Besteck im freien Feld:
den Geruch zu folgen, führt.
Ein Brocken Erde zerplatzt. Alle Dinge des Gesichts sind Mückenmuster: die Hand stürzt auf den aufblitzenden Arm herunter und der Kopf wird zu einem Ball. Über den Duft der Gräser hinweg. Sie verstümmeln sich, die jungen Män-

ner, und vergiften ihre Väter. Ein Gesicht, das sich aus dem Grasboden gräbt, zerplatzt im Gras.

Mumm. Er sagt: du brauchst Mumm. Sie streicheln den Kopf herunter. Sonne hat geweht, Stöcke geschnarcht. Von unten in den Schirm gekrochen, das Gestänge hinauf; manche Talente kommen vom Tier, das immer da ist. Ich bin durch eine Schleuse entwichen. Das Auge hat ein langes Haar.
Wir binden die Spatzen vom Berg. Körperwärme: Maniküre; und Seelengeheul.

Meine Tochter weht die Halme aus der Gracht, aber sie fliegen von hinten in ihr Gefell hinein. Sie steckt die Hände in den Schweif bis der Blick niedersinkt.
Im Feld zittert ein Fels. Er gehört zu den Bäumen. In der Küche wächst das Gras; aus den offenen Schränken blitzen grüne Quarzhauben uns an. Auf dem Spülbecken verfault eine Hand; aus ihr sickert tiefbraun die Stärke; ein Glatzkopf mit orangenem Haupt schlüpft in einen metallenen Schuh.

Ich verbinde meiner Tochter die Hand bis sie

schweigt. Hat ihr Kopfblut in Kristallschüsseln vergossen, ist in Zierkuhlen gestürzt oder in Nägel gekrochen.

Auf dem Feld stehen Bestecke mit Ceylon-Tee, türkischem Apfel-Tee und Gesichtsfleisch.

Sie tasten sich von bis dorthin vor. Auf Stechschiffen, aus Laternen gemacht.

(Armenbegräbnis)

079. Carcassa (*ebenfalls publiziert in*
„Frankfurter Bibliothek: Das neue Gedicht",
Ausgabe 2011)

080. Fadenstich

081. Fähe

082. Laubaugen

083. Himmelsdeuter in Köln

084. Mahlstrom

085. Kreisliga

086. Seelische Republik

087. Polizist

088. Meine chromatischen Wallachspuppen

089. Der Wolkenkrug

090. Feldrot

091. Hiob

092. Vogtgärten

093. Heuschreckenschwärme verdunkeln die Sonne

094. Schwimmen gehen

095. Luftglieder

096. Frauenkreuz

097. Bekosch

098. Miguel du Sancte

Andere Publikationen

Catoblepas, Erzählband, erschienen im Mai 2009 bei *Books-on-Demand*
ISBN: 9-783837-096125

Glaspalast, Gedichte, erschienen im Juni 2010 bei *Books-on-Demand*
ISBN: 9-783839-171493

Blog des Autors

http://selaika.wordpress.com